色慾奇譚

岩井志麻子

Shimako Iwai

紅文庫

目次

装幀　遠藤智子

色慾奇譚

幸村先生の指の指導を求めます。

1

やっぱりあの先生は、恩師といっていいのかな。ちょっとは、そう思います。あ。また来たかな。あの先生じゃなく、彼女が。

先生のことを思い出すと、いつもじゃないけど彼女もやってくるんです。姿は見えなくても、あたしにはわかります。先生は、思い浮かべても来てはくれないですね。たぶん先生はまだ、生きているからでしょう。

彼女は高校生の頃から、制服の上からでもはっきりわかるほど完全に大人の女の体つきをして、乳房や腰回り、男を受け入れる隠れた花びらまですべてが成熟しきっていたはずなのに。ふっと今やってくる彼女は、どこか幼い堅さも残しているのです。

そこまで大きくはないけれど、前に突き出した弾力ある乳房。普段は乳首が埋もれている乳輪が、少しだらしなく広がっています。感じると瞬時に前に突き出してきて、しっとり湿った匂いがしてきます。

陰毛はちょっと薄めで、縦の亀裂が透けています。つつましく閉じているときもあれば、さっきまで激しくそこに男のものを受け入れていたのがわかるほど、ぱっくり開いているときもあります。

そんな姿で現れる彼女は、ただ立ち尽くしてどこか恥じらいながら片手で乳房を、片手で陰部を隠そうとしているときもあります。

そんなときは普通の女の子っぽいのですが、仰向けになってこちらに大きく股を広げて、濡れているのがわかる桃色の陰核や、その奥の内臓にまで連なる膣の奥までのぞかせてくれるときもあります。

挑発的な笑みが、赤い唇から漏れています。そういうときは、プロの女の雰囲気です。

あたしは彼女のちょっと着崩したかっこいい制服姿しか見たことないし、ましてや先生と絡み合っている姿なんか、目の当たりにした覚えはありません。

だけどあたしの想像、というより妄想の中では彼女はいつも裸だったし、先生と絡み合う姿もしょっちゅう思い浮かべては悶々としていたので、現実と夢がごちゃ混ぜになっているのです。文章でも、思い出せますよ。

「緑の黒髪が楚々とした、ショコラちゃん。正真正銘の、まだ十九歳。趣味のスキーで鍛えたアソコの筋肉は、締まりすぎ要注意。こんなギャルにタマタマをモミモミされたら、ぼくらはひとたまりもないですね」

こんな下品な文章は、あたしの創作じゃありません。現実に、活字で読みました。

――さて。今こうやって、あたしが曲がりなりにもアートの世界でお金をもらえるようになれたのは、幸村啓太先生のおかげではあるんですよね。

まぁ、その前に幸村先生によって、人生を台無しにもされてるんですけど。

幸村先生に人生を根こそぎねじ曲げられ、大事なものを奪われ続け、ついに命まで摘み取られてしまった倉田詩織さんに比べればまだマシ、ずっと幸運だったといえます。

詩織さんはあたしより一つ上だったから、生きていれば四十四歳か。ちょっと想像できませんね、そんな歳になった彼女。

鏡に映るあたしは、ああ歳取ったなぁとため息は出ても、どうにか今日まで生き永らえることができたと、安堵感ももたらしてくれます。

アーティストとしての名前は本名とまったくかけ離れたもので、斎藤尚子という本名と過去は、ごく限られた仕事関係者しか知りません。

徹底して素性を隠し、個展やイベントでは派手なウイッグと化粧と衣装で、素顔も年齢もわからないようにしています。

だから、故郷の元同級生も昔の知り合いも、その二人が同一人物とは知らないし、想像もつかないでしょうよ。あまり、アートに興味がある同級生も昔の知り合いもいないし。

というふうに、あたしは大きく変わったけど。詩織さんは永遠に十九歳。ちょっとだけ、うらやましいかも。それをいうと幸村先生も三十八歳で死んだわけじゃないんで、今は六十三歳になってるはずです。

まったく会えなくなったし消息を知ることもできなくなったんで、やっぱりあたしの中では男盛りの三十八歳のまんまですね。

幸村先生、ほんとカッコよかったんですよ。誰よりも本人が自分をカッコいいと信じ切ってて、そう振る舞ってて、周りが引きずられたのも大いにありますけど。確かに改めて昔の写真を見ると、ごく普通の三十八歳です。幸村先生を直接は知らない人たちも、当時ニュースで出回った写真を見て、なんでこんなショボい冴えない男にそこまで女が群がったのか、そこまで尽くす女がいたのか、不思議がりました。

動かない、しゃべらない写真だと、幸村先生の魅力も雰囲気もうまく伝わらないんです。幸村先生は実に自己プロデュース力、セルフ演出力に長けてたんだなあってのを、これまた改めて突きつけられます。

詩織さんは無関係な人たちが写真を見ただけで、きれいな子だな、といいます。もったいない、あの先生にさえ会わなかったら、と彼女を知る人はため息をつきます。

あたしは詩織さんほど、あの先生にさえ会わなければ、とは同情してもらえません。彼女ほどきれいじゃないってのを差し引いても、共犯者の側だからです。

被害者は美化されがちだけど、詩織さんは本当に華のある、美しい人でした。下級生からは憧れられつつ、どこか近寄りがたい怖い存在でもありました。

あたしは素朴なダサ子、イモねえちゃん。とことん普通の、目立たない子でした。それがいっときは彼女と同等、ある意味ではそれ以上になっちゃったんですからね。

ともあれあの高校に入った頃は、美術方面にはまるで興味はありませんでした。まったく普通の県立高校で、進学と就職は就職組の方が多かったくらいです。すごい優等生も不良もいなかったし、家に極端な貧富の差もありませんでした。

そんな中でも今でいうスクール・カーストはあって、詩織さんはトップじゃないけどトップに近く、あたしは底辺じゃないけど底辺に近かったですね。

あの頃はスマホもパソコンも一般的でなく、ほとんどの情報源はテレビと雑誌。のどかな田舎町でもそれなりに悩んだりぶつかったりしながらも、青春してました。

詩織さんも、テレビや雑誌で見た東京の子や芸能人のファッション、遊び方を真似してあたし達には憧れられていても、今から思えば可愛らしい背伸び、子どもっぽいがんばりでしたね。いろんな意味であたしなんかに、いわれたくないだろうけど。

あたしが高校に入って、真っ先にすごいなーと感心、感動、感嘆したのは、なんたって幸村先生でした。幸村先生は当時、全学年をまたいでの美術教師でした。その驚き、衝撃は幸村先生の授業や美術の世界ではありません。幸村先生そのものです。

今から思えばほんと、イタい人と苦笑してもいいし、あの事件がなくてもとんでもない教師だと顔をしかめるし、当時の田舎の子どもならだませても、今の都会の子には通用しないわねと、幸村先生が哀れになったりもします。

たまに体育用ジャージ上下のままの先生もいましたが、たいてい先生ってきちんとした格好をしているもんでしょう。幸村先生は芸能人みたいな派手なスーツ姿とか、逆にわざとジーパンで裸足に下駄、みたいなときもありました。

廊下をローラースケートや自転車で走ったり、これまた芸能人みたいなスポーツカーで登校してきたり、いきなり教室で財布を出して札束を見せたりしてたんです。

「俺、実家も嫁さんも金あるからね」

もちろん他の先生たちから注意されたり、苦情をいう父兄なんかもいましたが、テレビドラマの先生みたい、型破りでカッコイイ、と憧れる子も多かったわけです。

あと、幸村先生が都内の有名美大を卒業しているのは事実でしたが、後から知ったところによると、東京にいたのはその大学時代だけ。高校までは、あたしの地元より田舎の子だったんですよ。でも巧みに、東京生まれ東京育ちを演じてました。

幸村先生も田舎の高校で純朴な子どもたちに、都会のカッコイイ大人と憧れられ、それで満足できてりゃ詩織さんもあたしも含め、みな楽しい青春の思い出にできたでしょう。

幸村先生はカッコイイ人を超えて、どんどん暴君や支配者になっていったんです。

あまりにもあからさまに、生徒を区別、じゃない、差別しました。まずは男子に冷たくぞんざい、女子には甘く親しみを込める、これは基本です。その女子にしても、きれいな子は特に贔屓（ひいき）してました。

思えば美術教師なのに、生徒の美術の成績、才能にはまったく興味もないし関係なかったですね。抜群の画力を持つ可愛くない子と、絵心の欠片（かけら）もない可愛い子では、後者の方を手取り足取り教えてました。

特に贔屓の子たちを、スポーツカーの助手席に乗せていただの、夜の街でデートしていただの、ホテルに連れ込んでいただの、いろんな噂がありました。

あの頃はスマホもパソコンも影も形もありませんでしたが、口伝えの噂はわっと広まりました。幸村先生は教卓にも大人の玩具（おもちゃ）を隠しているとか、お気に入りの女の子を二人ホテルに連れてって三人でやるのが好きだとか、やった女の子の裸の写真を必ず撮るとか。

「そういう噂があるの、俺も知ってるよ。だけどどうでもいい。嫁さんは俺にベタ惚れだからな。そんなん決まってるだろ。俺の体とあれがいいからだよ」

幸村先生自身も、平気でそんなふうにうそぶいていました。

詩織さんも、噂の中によく出てきました。校内で見かける彼女はたった一つ上なだけなのに、完全に大人の女の雰囲気を漂わせ、嫉妬すらできませんでした。

その頃のあたしは、といえば、自分に美術の素養があるなんて気づいてもいなかったし、力を発揮できていたとしても、幸村先生の興味を引かなかったでしょう。

でもあたしは、幸村先生に強く憧れていったんです。週に一度の美術の時間にしか会えないし、すべてが地味なあたしは声をかけてもらえることもありませんでしたが、なんとかして幸村先生に近づきたいと、そればっかり考えていました。

放課後の部活動に美術部もありましたが、幸村先生が顧問じゃなかったので入りませんでした。そもそも美術の成績を上げても、もしコンクールに入賞できても、可愛くなければ目をかけてもらえないのも、わかりきっていました。

どうやったら、幸村先生にもっと近づけるのか。悶々としている間に、詩織さんたちは卒業していきました。スマホなき時代、親しくもない人の消息などわかりません。

あたしたちが三年生になってしばらくしてから、幸村先生がますます派手にカッコよくなっていったのを、事件があるまでみんな変だとも思わず、ましてや詩織さんと結びつけて考える子なんかいませんでした。

幸村先生はもっと高い外車に乗り換え、何十万円のバッグや何百万円の腕時計を見せびらかし、夏休みは一ヵ月ヨーロッパ旅行だの、田舎の高校生にはただもう夢のような豪勢な生活ぶりを自慢するようになったのです。

特に可愛くなくても勉強ができなくても、あたしには温かな家族があり、気の合う友達も、好きだといってくる男の子もいたし、すごく悩むことも苦しむこともなかった。

だけど常にぼんやりと、何か物足りない、何かが欠けている、そんな気持ちに覆われていました。幸村先生に愛されさえすれば、すべてが一変、何もかも突破できて薔薇色の未来があると、もはや変な宗教にハマっていく信者みたいでした。

とはいえ美術の時間に会えて、きらきらする素敵な話を聞けて、たまに気まぐれや義務的にでも、その筆はそろそろ買い替えろだの、一言かけてもらえるだけで高ぶり、その幸福と満足感は少なくとも三日くらいは続きました。

　幸村先生は顔も体つきも今から思えば平凡でしたが、指だけは異様にセクシーできれいでした。いかにも絵を描きそうなというのか、芸術家の指先というのか。あの指でさわられたいと、悶々としました。幸村先生の指を思い浮かべ、自慰をしてました。

「幸村先生……その指で教えて。絵も、気持ちいいことも……欲しいの、幸村先生の指が。尚子のとろけた汁を、その指ですくって、幸村先生の先に塗って」

　そんなふうにして、高校最後の夏休みを迎えました。その頃まであたしは進路をきちんと考えてなくて、つまり進学なんて最初から選択肢になく、なんとなく漠然とそこそこの会社に勤められたら、くらいに思っていました。

　初めての彼氏もできたけど、彼氏ってものが欲しいだけだったし、その祐介(ゆうすけ)も同じような感じだったので、お互いそこまで強い気持ちにもなれないままでした。

「尚子、いいか、いいか、俺、いい、もう出るっ」

「祐介ーっ、あたしもいい、いい、イクイク」

　あの頃はまだ、高校生が気軽にエッチな写真やビデオを見られる時代じゃありませんでした。雰囲気作りだの口説きのテクニックだのを飛ばして、ただもう重なり合ってつながり合って汁を出す。祐介とのそれはもう、セックスというより動物の交尾でした。

2

今となっては、高校のとき初めてできた彼氏の思い出は、どうでもいいものになっています。祐介は初めての男で、彼の部屋、あたしの部屋、暇さえあればやってたのに、

「尚子ー、可愛いよー、尚子ー、いくよー」

祐介にはサービスも演技もなく、ただもう肉欲をぶつけてきました。あたしも同じようなもので、若さだけで一晩に何度もまじわりました。互いにやりたい盛りの年頃だから、陰茎の硬度は保たれたままで、発射してもしても生臭い汁は湧き出ました。

あの頃のあたしは、まだセックスを知ったばかりの未熟な女の子。舌をねっとり絡ませたキスで濡れるとか、耳元に息を吹きかけられただけで乳首が尖(とが)るとか、そこまで敏感にもなれず、性愛を楽しむほどこなれていませんでした。

だから、とにかく陰茎が大陰唇をこじ開けてがんがん突き入れられ、肉の襞をこすられて、となれば、刺激や摩擦でちょっと気持ちいいなとはなっても、次第に乾いてきて中が腫(は)れてきて、もう痛いばかり、ともなりました。

なんといってもあたしは、祐介より美術教師の幸村啓太先生に夢中でしたから、幸村先生の巧みな指を知る前だって、先生のきれいな指を思いながら自慰をする方が、祐介とのセックスより気持ちよかったくらいです。

祐介は指使いも上手くない以前に、そんなものは愛撫とも前戯ともいえないものでした。せいぜい、乳を適当に揉(も)んで乳首を千切れるほど吸うだけ。

何かのエロ本でも読んだか、ガシガシと刺激さえ与えれば女は喜ぶと勘違いしたようで、やみくもに膣の入り口をガシガシ、膣の奥に爪を伸ばしたままの指を突っ込んできてグリグリかきまわしてきて、痛いと叫ぶしかないのでした。

「祐介、それもう、いいから。こっち、おちんちんのほう入れて」

欲しいからじゃなく、指をやめてほしくて、そういわずにいられないほどに。

ともあれあたしが若き犯罪者でも、今のアート界ではちょっとは知られた存在でもなく、ごく普通の田舎の女子高生、純朴な斎藤尚子だった頃。

祐介と高校近くの街へデートに出かけ、何かで気まずくなり、予定より早めに帰宅することになったのでした。その日のことは、いろいろと鮮やかに記憶しています。

祐介と別れてもなんだかすぐ帰る気になれず、繁華街をぶらついていました。といっても携帯もスマホもない時代、あたしはお金もなく遊びも知らず、大型書店で立ち読みしたり、可愛い文具を見たりしてたんですが。

ばったり、幸村先生に会ってしまったのでした。幸村先生も何かの雑誌を立ち読みしていて、思わず背後から声をかけてしまっていました。

幸村先生は最初、あたしが自分の教え子だと気づきませんでした。名前も覚えていないようで、それに傷つく暇もないくらい、あたしは緊張し、ときめいていました。

「制服じゃないから、わからなかった。私服だと大人びてるねぇ。ていうか、あの学校にこんな可愛い子がいたかな」

ころころと転がされ、あたしは幸村先生の別宅に連れて行かれたんです。仕事場としてアトリエとして借りているというマンションまで、先生の車で行きました。

よく見ると彫りが浅くて横顔ぺったんこだなとか、意外とお腹が出てるとか、妙に冷静に観察もしてしまいましたが、それすらいつもかっこつけの幸村先生が素に戻って、あたしには気を許してくれている、みたいなときめきに変えていました。

予想したより小さかったけど、きれいに整っている部屋でした。ただ、明らかに女の人が出入りしているとわかるものもいっぱいありました。奥さんじゃないなというのも、高校生のあたしにもわかりました。

あたしは舞い上がりっぱなしで、自分としては嘘をついているつもりはなく、なんとかもっと幸村先生に可愛がられたい、もっと興味を持ってほしい、そんな焦りで、

「美術の学校に進みたいんです。そんな上手じゃないけど、子どもの頃から図画工作が好きで、将来は先生みたいに美術で食べていけるようになりたい」

といったことを、必死に訴えていました。いっているうちに、だんだん自分でもその気になってきていました。でも、ここって倉田詩織さんも来てますか、とは聞けませんでした。大人びた美人で、幸村先生と噂になっていた一つ上の先輩。

来ているよと答えられるのもショックだったし、来ていないと答えられたら、好きな男に嘘をつかれた、ってことになりますからね。

そのとき幸村先生が何をいったかは、あまり覚えてません。適当に話を合わせてくれていたんじゃないかな。そうこうするうちに、モデルになってほしいといわれました。

とても自然に、でも威厳ある口調で、裸になれといわれました。

もう、何もかもがいいなりです。全裸になってリビングの床やソファに立ったり座ったり、ときに大きく足を開かされ、あたしの裏も中もみんな見られました。

幸村先生は適当にスケッチもしていましたが、いつの間にかカメラを持ってきて撮影もしてました。

「斎藤、おまえ処女じゃないだろ」

「あ、はい、すみません」

なぜ謝らなきゃいけないかとも思いますが。昨日も祐介とやりまくっていたので、何かその痕跡を見透かされたのかと縮こまりました。

「腰の感じを見ればわかるよ。男を受け入れてるって。でもまだ、喜びは知らない堅さがあるな。それも指導してやるから」

恥ずかしいというのではなく、期待で全身が火照(ほて)りました。あたしを描いている指先を見ただけで、どうしようもなくあそこが緩(ゆる)んでいたのに。

　これも自然に幸村先生も脱いで、まずは横抱きにされてあそこをまさぐられ、待ち望んだ指がついにあたしの中に入ってきたとき、腰が溶けていました。自分でもどうにもならないほど痙攣し、身悶えし、幸村先生がすべてになりました。祐介とは比べ物にならない、そもそも比べるものではないと感じました。

「可愛いな、尚子。ここ、皮かぶっている。剝いてやるよ、ちょっと痛いよ」

　その後、あたしは隣の寝室のベッドにも行きました。痛いからじゃなく怖いからじゃなく、あまりの気持ちよさに後ろから入れられたまま、つながったまま、あたしは這って逃げようとしました。自分がおかしくなっちゃう、と錯乱したのです。

　確かにそのときからあたしは、自分の平凡だった人生を一変させました。

　幸村先生はここに通って来なさいといってくれ、あたしは天まで舞い上がりました。

「おまえはまだまだだから、美術の学校に入れるよう特別レッスンをしてやる」

　誰にもこのことはしゃべるな、と念を押されました。不適切な関係だからではなく、有名な美大に合格して周りをあっといわせよう、みたいに丸め込まれました。

「でも美大って、お金かかるんですよね。うち、そんな金持ちじゃないんです」

のぼせ上がりながらも、ふっといろいろ怖くなって、そんなふうにいったら。

「お金のことは心配いらない。ちゃんと考えている」

そういってくれ、てっきり幸村先生が援助してくれるのだと期待しました。

ともあれ、その日から毎週木曜日の夜は必ずここに来るようにいわれたのです。

「他の曜日には絶対、来ないようにね。木曜以外は、ここで教室を開いているんだ」

その説明に、何の疑いも持ちませんでした。もちろん祐介にも親にも内緒にし、木曜は幸村先生のアトリエに来ました。花瓶やカップ、人形といった静物のデッサンをしたりもしましたが、大半はベッドで過ごしました。アトリエではなく、ヤリ部屋でした。

でも幸村先生の指の指導が、筆や鉛筆からあたし自身に変わるとき、予感だけであたしはびっしょりと、陰毛から肛門まで濡れるほどになりました。

「お前の恥ずかしい写真、大事に保管してあるよ」

あたしはこれを、愛の証（あかし）だと信じ込んでいました。あの頃は本当に子どもでした。詩織さんも子どもだった、といっていいのでしょうか。

幸村先生に覆いかぶさられ、あたしは下から必死に幸村先生を飲み込んだ腰を突き上げながら、幸村先生の指を舐めて吸いました。

元々あたしも美大に進みたいなんて口実で、幸村先生とこうしていたかったのですから、何も不満はありませんでした。学校では何食わぬ顔で、ただの先生と生徒として会い、その淫靡な秘密の共有もあたしを酔わせました。

とっくに、祐介とは自然消滅に近い形で別れていました。あちらもすぐ次の相手ができたようで、心から良かったねと祝福できました。

あたしも、あたしなりに美術の勉強もがんばりはしたのです。小手先のテクニックだけは覚え、それっぽいデッサンも描けるようになりました。

一応、うちの高校はバイトは禁止だったのですが。わりとみんなやっていて、といっても純朴な田舎の高校生ですから、年齢をごまかして夜の街で、なんてのはなく、スーパーのレジや商店街の店番なんかでしたが、ほぼ黙認されていました。

あたしも母の友達がやっている化粧品店で週二回くらい店番をしていて、新製品の紹介やお得なクーポン情報なんかを厚紙に手描きしたポップ広告を作ったら、店の人だけでなくお客さんにも、うまいね、プロが描いたみたいと誉められるようになりました。

バイト代をせっせと貯金して、将来に備えているつもりでした。でも当然ながら、親に美大に行きたいといったら、ぽかんとされました。

「夢を持つのはいいことだけど、うちにはそんな学費を出せる余裕はない」

高校を出たらすぐ就職させるつもりでいた親には、そんなに上の学校に行きたいのなら、せめてもっと現実的な就職に活かせる専門学校にでもしてほしい、ともいわれました。すべてが、もっともな話でした。

だけど幸村先生にのぼせ上がっていたあたしは、何が何でも美大に行くといい張りました。いっているうちに、幼い頃からの夢だったと、ますます自分の記憶や過去をも書き換えられるようになっていったのです。

「美術の先生が特別に目をかけてくれて、無料で課外授業をしてくれているの」

というのも、いいました。もちろん、もっと特別なことをしているのは秘密にして。親は、そんなに先生に期待されているのならと、ちょっとずつ考えも変えていきました。

幸村先生が援助してくれるかもとは、さすがにいえませんでした。なんでただの生徒にそこまでと、関係を探られたら怖いことになるのは、いくらあたしでも想像できました。

そんなときめきの日々にも、不穏な影は忍び寄ってきました。幸村先生のアトリエには、前に来たときはなかったピアスやマニキュアやストッキングがある、というのはたびたびでしたが、やっぱりあたしは何もいえず、見て見ぬふりしかできませんでした。

でもそれについては、黙っていられませんでした。先生も、いってほしそうでした。

夏休み明けの幸村先生の、アトリエ。大型のテレビが入りそうなくらいの、木箱。最初は画材でも入っているのかと思いましたが、何か禍々(まがまが)しい雰囲気が漂っていました。

確かな異臭が、漏れ出ていたのです。画材のそれではない、動物性の腐敗臭でした。

「先生、これなんですか」

「……お前に、手伝ってほしい物だ」

すでにもう、中身はわかってしまいました。何もいえないあたしは、とてつもなく恐ろしいことが起こっていて、自分も渦中に巻き込まれていくのがわかっていながら、従うしかない、このまま突き進むしかないと覚悟していました。妙ですね。そのときのあたしはすでに、幸村先生の愛が欲しい、幸村先生が怖いのではなく、美大に行きたい、美術で生きていきたい、むしろそう強く願っていたのです。

すでに用意されていた、荷物運搬のカート。無言で駐車場に降りたあたし達は、確かそのときはまだ残暑の中にあったのに、記憶の中では凍えていたことになっています。箱の中にも、体温を失ったものが入っていました。

幸村先生はいつもの派手なスポーツカーではなく、どこからか借りてきた地味なワゴン車の後部に、あたしに手伝わせて箱を載せました。

漏れ出る異臭はますます濃くなり、一刻も早くこれを始末したい、あたしと幸村先生の世界から消したい、遠ざけたい、そればかりを念じました。

そこに行きつくまで、あたしたちは無言でした。箱の中から這い出て来ませんようにと祈りながら、不思議なことに箱の中の知った人に話しかけられていました。

「今なら引き返せる、といいたいけど。引き返さないでしょ」

幸村先生が車を停めたのは、もう閉店しているスーパーのだだっ広い屋外駐車場でした。周りの山や建物、樹々すべてが薄っぺらい舞台装置のようでした。

箱の中から引きずり出したのは、もうわかっていたけれど女の死体でした。赤黒く変色し膨張していましたが、やっぱり、とつぶやきました。倉田詩織さんでした。

3

そのときまであたしは、かろうじて普通の高校生、斎藤尚子十八歳でした。美術教師の幸村啓太先生の教え子で愛人でしたが、スーパーの駐車場に禍々しい木箱を運び出す手伝いをさせられたときから、共犯者にもされてしまったのでした。

幸村先生の美しい指も、絵を描く指導から女達を濡らすものになり、そしてついに首を絞めて殺す凶器にもなり果てたのでした。

腐敗臭のただよう大きな木箱から引きずり出された、美人の誉れ高き一年先輩だった倉田詩織さん。長い髪が海藻のようにもつれ、溺死した人魚のようでもありました。臭いも、腐った魚みたいでした。

殺風景なだだっ広い駐車場の真ん中に詩織さんを置くと、幸村先生はポケットから出した容器の液体を、何かの儀式のように振りかけました。

それから、離れろと手で合図しました。あたしはひたすら、闇の中を走りました。足がもつれ、転びました。炎が上がると音と色が、背後からあたしを炙(あぶ)り、照らしました。

喉から、絶叫がほとばしりました。あたしが生きたまま、焼かれているかのように。

まさに地獄の業火(ごうか)。黒い鬼(かたまり)が走ってきてあたしを連れ去り、置き去りにしました。

「被害者は、こっちだといいたいよ。でもばれたら、こっちが加害者だ。ていうか尚子、もし警察に知られたら、おまえも共犯者として捕まるんだからな」

激しい虚脱と恐怖と興奮がぐるぐるとあたしを襲い、もう抜け殻のように幸村先生のアトリエの真ん中に座り込みました。

そしてあたしは、幸村先生が詩織さん殺害に至るまでの物語を聞かされました。授業のときとおんなじ、どこか人を小馬鹿にしたような口調で。

詩織さんは高校を出ていったん大手スーパーに就職したけれどすぐ辞めて、幸村先生にまとわりつくようになったそうです。だから仕方なく、相手をしたとのことです。高校時代から付き合っていたと噂されていましたがあたしは黙っていました。

「派手好きで浪費家で借金まみれになった詩織は、風俗店に勤めるようになって、ますますおかしくなっていった。絶対に結婚してよ、してくれなきゃ奥さんと学校にばらすと騒いで、どうにもならなくなった」

そして幸村先生は、見るからにいかがわしい風俗情報誌を取り出して見せてくれました。ソープランドの嬢達が紹介されているページに、ひときわ大きく詩織さんがいました。

浴室のマットに全裸で乗っていましたが、うつぶせになって上体を起こし、巧みに長い髪で乳首を隠し、まさに風俗嬢というより美術のデッサンモデルみたいでした。

「緑の黒髪が楚々とした、ショコラちゃん。正真正銘の、まだ十九歳。趣味のスキーで鍛えたアソコの筋肉は、締まりすぎ要注意。こんなギャルにタマタマをモミモミされたら、ぼくらはひとたまりもないですね」

ショコラという源氏名（げんじな）で、詩織さんは幸村先生のために若く美しい体を酷使していたようです。なのに幸村先生は、いかに詩織さんがヒステリックで気が強くて強欲で贅沢好きだったかと、悪口を垂れ流すのです。

まさに、死人に口無し。幸村先生の一方的な話を聞かされながら、いろんな謎、もっともな疑惑、いろいろ湧いてくるものをあたしは封じ込めました。幸村先生を信じるのではなく、信じるふりをしなきゃいけない。あたしのために。

たぶん、この仕事場として、女達との密会用に借りていた部屋で、詩織さんを殺したのでしょう。あたしが初めて、先生と結ばれた部屋でもある、ここで。

「先生を信じろ」

あたし達は共犯者として、抱き合いました。人殺しの指が、あたしを撫でつけました。

幸村先生の人を殺して火をつけた指が、あたしの中に潜り込んでかき回してきたとき、初めて指だけで達しました。お尻の穴にも入れられ、罰のように強く出し入れされましたが、これもあたしは膝で立っていられないほど身震いしてしまいました。

「先生、あたしも、あたしも殺されるっ」

あたしから、先生にまたがりました。必死に陰茎を根元まであたしの中に沈め、つながったまま絶叫しました。あたしの中は激しく収縮を繰り返し、幸村先生の陰茎を決して逃さないぞと、きつく締めつけていたのでした。

ともあれ木箱もリビングに持ち込み、鋸でバラバラにするのも手伝わされました。部屋にあった詩織さんの持ち物もゴミ袋に詰め、集積所に運びました。

それでもすぐ、燃え尽きた遺体は発見され、翌日のニュースになりました。その時点では、まだ黒焦げの遺体は、身元どころか性別も年齢も不明でした。

幸村先生もあたしも、後の報道で「何食わぬ顔でいつものように過ごしていた」とされましたが、先生はさておき、あたしは悪事を働いてもへっちゃらではなく、ただもう幸村先生の愛に殉じた一途な女のつもりでしたから。

しかし、恋する女子高校生と日本の警察は大違いです。まずは詩織さんの親が、もしかしてうちの娘ではと、ニュースを見て届け出たのでした。

真っ黒焦げになっていたのに、詩織さんの執念としかいえない形で焼け残っていたものがありました。堅く手を握りしめていたため、かろうじて指紋も判別できたのです。

その手はまさに、事件の鍵を握っていました。先生のアトリエの合鍵でした。

あたしは合鍵などもらっていません。それを知ったときは、犯罪の露見より衝撃でした。

その上、先生は詩織さんのカードで預金を引き出し、防犯カメラに記録されていました。幸村先生は自宅に来た署員に逮捕され、あたしも刑事さん達に訪問されました。親はもう、魂が抜けたように茫然としていました。

幸村先生のいったことはすべて嘘ではないけれど、すべて自分に都合よく脚色されていました。幸村先生から詩織さんに近づき、卒業してからも詩織さんは幸村先生のために風俗店で働くのを強いられ、ほとんどのお金を吸いあげられていたのです。

やっぱり幸村先生の加速していった贅沢、豪遊は、詩織さんが体を張って稼いだお金によるものでした。それだけでなく幸村先生はいろんな女の子をアトリエに呼んでは強引に関係を持ち、裸の写真を撮って脅していたのです。ばらされたくなきゃ、風俗で働け。

もっと稼げる女が欲しい。もっと貢いでくれる女が要る。あたしもその一人だったようで、いずれ美大に行かすのではなく、いずれ風俗に沈めるつもりだったのです。

幸村先生に脅されていた女達は来る曜日を分けていて、だからあたしは木曜しか来れなかったわけです。ちなみに殺された、共犯にされたのは詩織さんとあたしだけでしたが、見合いや婚約を壊され、人生を狂わされた女は何人もいました。でも他の女達はそこまで先生に貢いでくれず、いいなりにならず、別の男に逃げたりしました。詩織さんだけが、最期まで必死だったのです。

これは幸村先生の嘘ではなかったのですが、今までのお金をみんな返すか、奥さんと別れて私と結婚するか、どちらかを選べと詩織さんは強く迫ってきていたそうです。

幸村先生が使い果たしたお金を弁償すれば、詩織さんはあきらめたか。それはないですね。ついに愛が買えなかったというのは、がんばった彼女も耐えがたいでしょう。

あたしもあっという間にすべてを自白させられ、捕われました。未成年だったので斎藤尚子という名前は出ませんでしたが、もう狭い田舎町では瞬時に特定されました。親は本気で、一家心中を考えたそうです。

幸村先生は無期懲役判決が確定し、刑務所へ。あたしは、二年の少年院送致でした。

もちろん高校は退学処分で、美大などに進めるはずもありません。でもあたしは、少年院の中で女の子達に美化した似顔絵を描いてあげたり、様々な行事のポスターを描いたり、ちょっとした人気者になれました。

　少年院を出た後は親の勧めもあって、知り合いも地縁もまったくない都会に出ました。寮のある工場に就職し、ここでも絵の上手い人として知られるようになりました。

　美術クラブに入り、絵だけでなく版画や粘土細工も学び、友達も彼氏もできて穏やかな日々を取り戻せました。純情だった高校生の頃に、戻れたみたいでした。だけど、どんなに親しくなった人にも、過去は語りませんでした。親もあの後は引っ越してひっそり暮らし、同じく過去を知らない人達の中で平穏に生きていました。

　なのに。あたしはまるで、幸村先生ではなく詩織さんに取り憑かれたようになっていくのです。夜の街で会った、既婚でずるくて特定の女だけにモテる、どこか幸村先生みたいな男に惹かれ、工場を辞めて風俗店に勤めるようになりました。

　その貴彦は見た目は貧相なチビガリ眼鏡で、陰茎も小学生男子くらいじゃないかというサイズでしたが、それらの見た目のハンデを補うべくがんばったのもあるのでしょう。洗ってないお尻の穴も舐めまくり、顔におしっこかけてとニヤニ

ヤし、

「先っぽだけでいいから入れさせて。この可愛い犬にご褒美ちょうだい、ワンワン」

などと土下座して足を舐めるくらい、平気でできるのです。それでいて、ときおり不機嫌さを爆発させてこちらを萎縮させ、怖がらせもします。

そんなときは、あたしが顔色をうかがいます。小さくても口は疲れる陰茎を、発射後も舐めとらなきゃいけません。

「尚子、お前、絶対に俺から離れられないよな」

そんなときは幸村先生が乗り移ったかのようで、あたしは貴彦の不器用な指ですら飲み込んで締め付け、全身を反らせて魚みたいにピクピクしてしまうのです。

「離れない、離さないで、まだ抜かないで、まだ入れたままにして」

幸村先生についてはまったく何の情報もなく、どこの刑務所にいるのかもわからず、わかってても面会になど行けるはずもなく、死んでいるも同然でした。

あたしが詩織さんと違ったのは、殺されるのではなく殺す側になったことでした。

貴彦を殺しただけでなく、河原でこれも先生に習ったことを忠実に再現したかのように、ライターのオイルをかけて焼いてしまい、懲役十三年となりました。

あたしはもう、可哀想なだまされた女子高生ではなくなっていましたから、今度こそ本名もニュースで流れましたが、未成年時代の事件は表に出ませんでした。今も検索すればそちらの事件だけで、あたしは実名を出されています。

だけど今のあたしは、本名とかけ離れた名前で活動するアーティスト。本名非公開。

親はひっそり、息を潜めて身を隠して暮らすこととなってしまいましたけれど。

なんといっても、今度は十三年ですよ。あたしは刑務所の中で一通り絵や版画や木工細工などもやりましたが、驚くほど鮮明に幸村先生の指導が思い出され、ほとんど隣や背後に幸村先生がいてつきっきりで指導してくれているみたいでした。あの、指使いで。

本当に幸村先生の声が聞こえ指の感触があり、美術室の匂いや駐車場で焦げる詩織さんの臭いもして、もしかして先生はもう獄死してるんじゃないかという気もします。

幸村先生や詩織さんの幻影は見ても、殺した男のことはほとんど思い出しもしませんでした。貴彦、セックスは下手だったなぁ。高校生の祐介の方がましだったよ、とだけ。

　なぜか今までまったくやったこともなく興味もなかった七宝焼きや茶碗作りにも目覚め、刑務所の製品を売る展示会で人気になり、賞もいろいろもらいました。

　十三年も、いつの間にか過ぎ去っていきました。出所して親の顔だけ見に行って、保護司などの手助けで小さなアパートを借りました。もう、お前が生きていてくれるだけでいいと親は泣き、こんなこともいいました。

「子どもの頃から好きだった絵を、静かに描いていればいい」

　しばらくはひっそりと老親にも頼っていましたが、四十を過ぎた頃に絵で大きな賞をいただき、親身になってくれる画廊の方の尽力で茶碗や七宝焼きなども置いてもらえるようになると、あたしは美大を出ていなくてもアートで食べていけるようになったのです。

　なんともいえない気持ちになるのは、親がけっこう過去を改変、美化していて、

「あの子は昔から美術にだけは真剣で才能があったし、周りからも嘱望されていた」

　みたいに、暗い過去を知らないあたしの顧客やファンに自慢しているのです。

　でもあたしは、幸村先生を恩師としては語りません。美術部に憧れの一つ上の

きれいな先輩がいて、その人みたいになりたくて、といった物語にしています。詩織さんの最期の姿を、いつか描いてみたいものです。本当に美しかった。あんなに死顔と遺体がきれいな女に会えることは、もうないでしょう。

でも何かが、手を押し留めます。やめてよ、描かないで。と囁きが聞こえるのです。

強く念じていると、詩織さんが鮮明に現れてくれるときもあります。急いでスケッチしようとするとまた、ふっと消えます。腐敗臭と、焦げる臭いだけを残して。

「今もきれいですよ、先輩。だから最期の姿、あたしに描かせてくださいよ」

この呼びかけに、いつか応えてくれると信じています。もしかしたら詩織さんこそが、あたしを美術の世界に導いてくれた恩師かもしれません。

ショコラ・サイダー　変態オタク倶楽部

1

みなさん、うちの店のショコラ・サイダーを、お店の広告や公式ツイッターに出ているアイコン画像の美女だと思い込んでいるようだけど、全然違うから。まるでアニメから抜け出して来たような緑色の長い髪の、清純そうなスレンダー美女ね。

あれ、フリー素材の画像の中から適当に選んで、タダで使わせてもらっているだけ。画像提供者はショコラなんて名前じゃない、東南アジアのモデルさんらしいよ。

うちの経営者であるショコラ・サイダーは、そんな美しいアイコンの画像とは似ても似つかない、どころか地球と冥王星くらいかけ離れている。

そもそもうちのショコラは、女ですらない。薄毛で脂ぎった、体臭の強い小太りのオッサンだ。ショコラさんは指名できないのかといってくる客は途切れないけど、在籍名簿にいないんだから、察してほしい。ただのアイコン、シンボル、客寄せの看板なんだと。

それにしてもうちのショコラ、せめて愛嬌や愛想があれば店の女の子たちにも慕われる可愛いオッサンになれるし、押し出しの良さやコワモテぶりがあればカリスマ店長っぽくもなるのに、見た目も性格も猛烈に陰気臭くて貧乏臭いんで、とても表には出せない。

ショコラ本人も、表に出る気はない。とことん匿名で隠れていたい、そしてひたすら変態オタクとしてエロ幻想に浸っていたいのだ。

地方都市の地味な繁華街で、ひっそり営業しているうちの店は、その名も『ショコラ・サイダー　変態オタク倶楽部』という。

本番行為なしの、店舗型風俗店だ。そう、本番なし。一応、建前上、届け出ではそうなっている。でも、二人きりになってつい本人たちが盛り上がって本番やっちゃった、となったら、店側としてはどうしようもない、ってことよ。

　今も廊下でうちのベテラン嬢の陶子と、何度か来た禿げ頭で肥ったオヤジ客が本番の真っ最中だった。陶子は全裸で犬の首輪をつけられ、腰にも安い模造毛皮を巻きつけ、四つん這いになって地面にぶちまけられたドッグフードをむさぼっている。

「可愛い牝犬の陶子ちゃん、ワン以外の声を出したら御主人様のウンコ食べさせるよ」

　プロレスラーの覆面をした客は、本人そのものみたいな太短い陰茎を、腐ったマグロみたいな陶子の陰唇にこすりつけている。客は何度も足がすべって転ぶふりをする。つまり挿入する気はなかったのに、足が滑って入っちゃった、という体にするためだ。

「ワンワンワン、ワン、イクイク、ワンワンワン」

　先っぽを入れられるたび、陶子はドックフードを吐き出す。陽が暮れてきたら、ご褒美としてこのまま陶子はリードをつけられ、客にお散歩に連れ出してもらえる。

　通報されたら公然猥褻で捕まるけど、この辺りは変な風俗店だらけだし、陶子が変態ショコラさんちの牝犬なのはけっこう知られているので、見逃してもらえる。

というのも陶子は犬になっての散歩中、道に落ちていた犬の糞を食べているのを見られて以来、近隣の人たちはもはや陶子を「本物」として畏敬(いけい)の念すら抱くようになっていた。

ちなみに陶子も若い美人とはいい難いものの、本当に哀しく老いた犬みたいな顔をしていて、S趣味の男たちにはいたぶられつつ可愛がられていた。もちろん、犬として。

「キャウーン、キャンキャン、アーンアーン、アフーン」

「そうかそうか、俺は犬の言葉がわかる。御主人様のモノをぶち込んでほしいんだな」

薄汚れた雑居ビルの、二階。ベニヤ板で仕切っただけ、隣の物音が筒抜けの殺風景なプレイルームが三つ並んでいて、今は真ん中でもプレイが行われている。

先々月に入ったばかりで、なんとなく続きそうな雰囲気も漂わせている沙織(さおり)が、怪鳥みたいな声を上げている。あの声は、本気だ。気持ちよくなれているのは、いいことだ。

沙織は激しい整形をしていて、厚化粧の顔をパッと見ればいい女にも見えるけど、すっぴんの顔を別角度から見るとなんともいえない居心地の悪さを覚える。自然界には存在しない顔というか、表情が固まりすぎてマネキン人形化しているからだ。

「びくんびくん、あなたの命が伝わってくるわ。ああっ、どうしよう、沙織もパンツに染みてきたわ。お尻の穴も開きそうっ」

沙織はこれは天然で、異様に足の指が長い。まるで手のように器用に動かすことができ、客の陰茎をしごいてこすって、あそこに入れなくてもあっという間に射精に導ける。

それが評判となり、沙織の足コキ目当ての指名客がすでに十人を超えた。沙織はまったく服を脱ぐことなく、ベッドに腰掛けたままプレイをする。

床に全裸で仰向けになった男の陰茎を、足の指でいじる。沙織は妙に唾液も多くて、客の顔に唾をだらだら垂らし続けることもできる。

沙織の裸は一度だけ、ショコラが見ている。恐ろしくぺったんこな何もない胸板に、これまた驚くほど巨大な黒い歪な乳首がついているそうだ。

「脱がなくても済むように足の指が発達したんだと思ったけど、あのぺったんこの胸と巨大な乳首、それ自体が好きな男もいる。顔はあんなにいじってるのに、胸は手つかず。それは沙織自身が、あの胸を気に入ってんだ。あの乳首が素顔の沙織だ」

沙織に発射させられた男が、うめく声がした。そこに、陶子の吠える声がかぶさる。

店の一番奥には、ショコラの開かずの間がある。事務室となっているけど、店の子は入れない。私だけは、特別に入れてもらえる。私はショコラの右腕、といっていいポジションだ。だから私は、客は取らない。

うちには、客のあらゆる性的欲求に応えられる女が七、八人くらい所属している。はっきりいって、若い美人は一人もいない。そんな子は、もっと楽に稼げる店に行く。

看板にもある通り変態行為を売りにしているので、女の子はなかなか定着しない。一日ともたなかった子もいれば、三ヵ月くらいがんばった子もいる。

客も、何でもいうことを聞く女、何でもさせてくれる女を求めて来るわけで、若い美人は欲していないのだから、風俗で働きたい女にも門戸は広く開かれている。

がっつり本人も変態という女が三人いて、彼女らは店ができた二年前から居座っている。陶子以外の二人は、まだ出勤してきてない。一人は自由自在にいつでも嘔吐ができる女で、この近所のファミレスで今、食べられるだけ食べてプレイに備えているところだ。

もう一人は首絞めプレイが大好きで、ドアノブにタオルをかけて座って自分で絞めていたりするので、いつ死の報せが来るか心配にもなるが、加減はわかっているはずだ。

この程度の変態はどこにでもいるといえばそうなのだけど、たぶん誰よりも経営者のショコラが変態でオタクだった。本人にいわせれば、

「俺は正真正銘、『変態オタク』なんだよ。いいか、自分で選んだもの、いつでもやめられるもの、そんなのオタクとも変態ともいわないいんだよ。それは単なる趣味。

ショコラ様は変態として生まれ、変態として育てられ、変態として生きている。死ななきゃ、変態はやめられない。変態を極めようとしている、変態のオタクでもある。

変態だオタクだと蔑まれ、差別されるのはむしろ誇ることであり、選ばれし者として恍惚とすることなんだよ。俺はキモいと罵られるために、この世に生まれ

てきた。

ほら、罵れよ。ショコラ、お前はなんて醜いんだ。アイコン画像のモデルがお前みたいな臭い豚野郎に無断使用されていることを知ったら、殺したくなるよ、ってな。

お礼にショコラの臭いチン×とケツを、ぺろぺろ舐めさせてやるぞ」

今のショコラは、自宅からここに来たらすぐ事務所に閉じこもって、まったくの事務的処理と受付だけをするバイトのオバサンに電話やメールなどで連絡と指示を出し、監視カメラで各部屋を見ているだけだ。営業時間が済めば、いつの間にか自宅に戻っている。

事務員のオバサンが淡々と後片付けをし、鍵をかけて終わりとする。

「何もしない、見て妄想するだけ。それが俺の行きついた変態オタクの約束の地だ。俺は情報収集、拡散、煽りは大得意だが、生身の相手とリアルに一対一ってのは、怖い」

他人の体を使っての変態プレイを眺めている方が、勃起も止まらないそうだ。

ショコラは子どもの頃から、男も女も動物もイケる義父に性的な虐待と調教を受け続け、それでも高校までは表向きは普通に生きていたという。

いや、普通に見えるよう振る舞っていたというべきか。精通したばかり小学生の頃から、義父と実母と日常的に３Ｐしていたというのだから。

「本当の父親は獄死、つまり刑務所の中で死んだらしい。母親はそれからいろんな男の子を産みまくってみんな施設に預けて、なんでか俺だけは手元で育てたんだな。生まれながらの変態オタクってのを、母親のそれではなく変態同士の目で見抜いたんだろ」

ところが高校を出る頃、義父が違法薬物の注射を打ってセフレの一人と車で暴走し、ともに死んでしまった。セフレ女の内縁の夫が反社会的組織の一員で、ショコラの母が猛烈に責め立てられ、多額の金を要求され、ショコラを連れて夜逃げした。

「逃げる前日、母親はそいつの手下五人と犬二匹に輪姦されてたよ。俺、裸でぐるぐる巻きに縛られて一部始終を見せつけられながら、勃起が止まらなかった」

とりあえず逃げられたショコラは、引っ越した先の陰鬱な安アパートで引きこもった。朝から夜までカーテンを閉めた四畳半に引きこもり、まだパソコンはなかったので一日中ビデオテープのＡＶを見、エロ本を読み、妄想世界に浸った。

「そのとき俺は、変態オタクの神に出会った。いや、俺自身が変態オタク神になった」

母が風俗や水商売で生活費を稼いでいたが、薬物と酒に溺れるようになり、自宅の浴室で首を吊った。ショコラは、まだ温もりのあった汚物まみれの母を抱いたそうだ。それを恐ろしい変態行為ではなく、なかなかに美しく物悲しい思い出として語ってくれた。

「母親、アソコのビラビラにピアスじゃらじゃらつけててさあ、あそこから俺、出てきたってことは、傷だらけの血まみれでこの世に生み落とされたんだな」

それからショコラはやむを得ず外に出て、風俗店のボーイや内勤として夜の街を流れていった。どんな屈辱にも耐え、黙々と汚れ仕事をこなした。そもそも、そういうのが快感にもなっているのだから、可哀想（かわいそう）と同情する必要はない。

ともあれそれなりの貯金もし、経営のノウハウもつかんだショコラは四十になる頃、ついに自分の店を持てたのだ。変態プレイに特化し、マニアの客をつかんだ。

今まで会った中で、最も変態だった年増のSM嬢が名乗っていたショコラ・サイダーをそのままもらったという。元祖ショコラも、アイコンの美女とは全然似てない。

「初代のショコラ・サイダーは、死んじゃったからね。名前くらいもらってもいいだろ。なんか供養(くよう)にもなりそうだし。可哀想に、殺されて犯人まだ捕まらないんだから」

　初代のショコラ・サイダーは、全裸でラブホテルで死んでいた。

「いわゆる直引きだな。店を通さず、お客と直接やり取りする。店に払う金を惜しむから、こんなことになるんだよ。ざまみろだ。直引きする女はみんな、殺されればいい」

　そこまで罵る女の名前を受け継ぐのはなぜか、などと聞くのは無意味だ。だってショコラは変態なのだから。ちなみにショコラは、初代ショコラの命日にはショコラを思い浮かべて自慰をし、ショコラーッ成仏(じょうぶつ)するなーっ、と叫ぶのを供養としている。

「初代ショコラは、いい変態だったよ。あらゆるSMプレイと、手当たり次第の乱交を経て、こんな醜い気持ち悪い俺に本気の恋をした。それが変態の果てだろ。最後に俺たちは、ありふれたラブホの安っぽい薄暗い部屋で、愛してるとキスをしながら正常位で交わった。ショコラは地獄に堕ちたがっていたけど、天国に行ったよ」

……思い出すわ、その夜のことを。現ショコラは童貞かっていうほどぎこちない手つきで私の乳房を揉んで、でも根元まで挿入してからぴったり密着して腰をぐりぐり動かすのは、慣れた中年男の臭いが濃かった。

陰茎に合わせて膣がうねうね動くのを、私は気が遠くなるほど感じていた。あなたは耳元で何度も、愛してると囁いてくれた。陰茎の動きより耳にかかる息が心地よくて、私はお尻まで愛の汁を垂らした。

だから、首を絞められたことはもういいの。あれ、自分が気持ちよくなろうとしてではなく、私を気持ちよくしようとしてくれたんだものね。

私を見捨てて、結局あなたは今まで逃げおおせている。身元不明、誰からも捜索願を出されない私は未解決事件の被害者で、無縁仏よ。

この通り私は、成仏していない。恨んでいるからじゃなく、愛しているからよ。あなたは私の名前を名乗ってくれているし、ずっとあなたの後ろに居続けるわ。

あなたが生身の女と交わろうとすると勃起しなくなったのは、私のせいよ。あなたが寝ている間も起きている間も、私がずっと性器を吸って精気を吸ってるから。

幽霊と命を削って性交しているあなたは、本当に変態ね。あら、大変。廊下で陶子が客に首の骨を折られてるわ。本当に犬みたいに横倒しになって、痙攣(けいれん)してる。

さすがにあなたもこの部屋から出て、助けに行かなきゃ。あ、でももう遅いかな。陶子、死んじゃったわ。今夜あたり、女の幽霊がまた増える。犬の格好をした幽霊、それは『ショコラ・サイダー　変態オタク倶楽部』の、新たなアイコンにした方がいいわ。

2

ショコラ・サイダーというアイドルグループがいたことを今も覚えているのは、本人たちと身内と関係者、あとはかなりのアイドル好き、いや、アイドルオタクといっていい人たちだけだろう。しかも、四十歳以上の。

九十年代の初めの頃だけ、時代の寵児(ちょうじ)としてもてはやされた岩上(いわかみ)という音楽プロデューサーがいた。手がけるアーティストも音楽もオシャレで都会的なのに、岩上自身は海坊主みたいなスキンヘッドのゴツいブサ男で、そのギャップもおもしろがられた。

永遠に岩上の一人勝ちが続くかと思われていた頃、ちょっとした息抜きやお遊び、あるいは税金対策だったのか、すべてが凡庸なアイドルグループを作った。

それがショコラ・サイダーだ。無名のグラビアアイドル、読者モデル、見た目が第一で選ばれた子ばかりだった。その見た目も、クラスで五番目くらいの親しみやすさだった。

『ショコラ・サイダー 変態オタク倶楽部』という、タイトルと歌詞だけは刺激的なデビュー曲も岩上ではなく、彼の事務所スタッフに適当に作らせたようだ。それなりにテレビや雑誌には出たものの、誰もが予想したようにデビュー曲だけで終わった。

四人のうち三人はあっさり芸能界を去り、一人だけ二十歳になっていた真理絵はAVにまで出てなんとか芸能界にしがみつこうとしたが、同じくすぐ消えた。真理絵の裸は、すべてに平坦な印象だった。よくいえば、ロリっぽく処女っぽい。小ぶりな乳房で、あまりウエストもくびれてない。ただエロ雑誌のレビューなどでは、

「喘ぎ声が、あの『ショコラ・サイダー 変態オタク倶楽部』のサビの部分と同じで、本当にこの子はあの岩上プロデュースのアイドルだったんだなと興奮させられる。

クンニされながら、徐々に乳首が硬くとがってくるのは演技ではない。かなり本気で感じている。

相手役の男優がデカチンで有名なKさんで、あの凶暴なイチモツを難なくぬるっと奥まで飲みこめるあたり、真理絵クンは可愛い顔して清純ぶって、相当に使いこんでいたんだなと、これも興奮させられる。本気の汁が、お尻の穴まで垂れているのも確認できる。

フェラも疑似ではなく、よだれまみれでかなりプロっぽいしゃぶり方をしている」

といった生々しい描写がされ、レンタル店ではかなりの人気となった時期もある。

当時はまだ携帯電話は通話とショートメールだけで、パソコンも普及してなかったから、本人が何か発信することもなく、目撃情報なども世には出なかった。

あの人は今、といった企画ですら取りあげられないマイナーな存在のショコラ・サイダーだが、岩上がプロデュースしたバンドや歌手のスキャンダルなどがあるたび彼の名前も出され、ついでのようにショコラ・サイダーも黒歴史として語られることもあった。

——ある地方都市の中小企業に勤める克史は一見するとただの目立たない中年男でしかないのだが、自分だけの秘密があった。

ネット上でショコラ・サイダーと名乗り、美女になり済ましているのだ。

岩上プロデューサーの全盛期を知る世代だが、岩上の音楽及び手がけた歌手やバンドに夢中になることはなかった。自分はミーハーじゃない、普通じゃない、特別でなければならない、と今でいう中二病のはしりだった。

学校では至極おとなしい子で、勉強もスポーツもぱっとしない。丸顔に細い目で表情と口数が乏しく、あだ名は幼稚園児の頃から今に至るまで一貫して地蔵だ。

そんな克史が高校時代に好きになった同じクラスの女の子が、ショコラ・サイダーの真理絵に似ているといわれていた。漢字は忘れたがノリエといい、名前まで似ていた。

克史の中では、真理絵といえばショコラ・サイダーのではなく、クラスメイトだったノリエが浮かぶ。ともあれ真理絵似のノリエもその気になっていた。レコードを買ってショコラ・サイダーの歌を覚え、学園祭で披露した。

「ショコラは変態、ショコラはオタク、毎日が欲求不満のショコラなの、イェイッ」

自分大好きのノリエは、とにかく自分の支持者を増やしたい、とりあえずみんな一票ということで、どの男にも平等に振る舞った。優等生の生徒会長にも、アイドルみたいな人気のサッカー部キャプテンにも、いじめられっ子にも、不良にも、陰気な克史にも。

学園祭の舞台で、明らかに自分より可愛くない女の子ばかりを選んで集めてショコラ・サイダーになりきり、ノリエは真理絵ちゃーんと呼ばれて喝采(かっさい)を浴び、握手会まででした。

克史はノリエに笑顔で握られた手をポケットに突っ込み、急いでトイレに入って自慰に励んだ。トイレの壁に、手をついて尻をこっちに向けて振るノリエの幻が現れた。

「克史くん、濡れてくるまでそっとそっと、おちんちんの先でノリエの割れ目をこすっててぇ。あっ、うっ、いやっ、もうちょっとゆっくり。でなきゃノリエ、入れられる前にいっちゃう。えっ、もう、じわじわ、あふれてきたわ。そっとそっと、入れて」

さっきのノリエの手の感触を思い出し、陰茎をノリエに握られていると思い込もうとする。さっきのノリエのしゃべっていた唇の形を思い出し、あれにくわえられ、しゃぶられていると思い込もうとした。

当時はビデオ機器も持っておらず、近所にレンタル店もなかったので、真理絵のAVの写真やレビューの載った雑誌を買い集めた。ノリエと重ねながら、擦り切れるほど見た。

真理絵の中に、自分のより二回りは確実に大きな男優の物が入っているのを思い、ノリエの中に自分の物を入れるところを想像する。真理絵が、ノリエの声で喘ぐ。現実に教室ではもう、ノリエに話しかけることも目を合わせることもできなかった。

その後、克史は近県の中堅私大に進んだが、ノリエは大型スーパーの婦人服売り場の店員となり、さすがにそこに行ってみることはできず、卒業後は会うことはなかった。

噂で、職場の上司といわゆるデキ婚をして退職、別人のように肥(ふと)ってオバチャン化している、といった話を聞いた。付き合ったわけでもないのに、物悲しいような少しうれしいような気持ちになり、しかし次第にノリエのことも忘れていった。

　中二病は封印し、すべてに大人しく地道に平穏に生き続け、地元ではそこそこ知られた企業に入り、お見合いでやや遅めの結婚をし、娘も生まれた。平穏無事な日々が流れていき、それにも満足していた。妻は克史の女版みたいな地味な女で、その意味では相性は良かった。そんな日々の中、なんとなくツイッターを始めた。

　最初のうちは本名こそ隠していたが、普通の会社員です、みたいな自己紹介と、娘が好きなアニメのキャラをアイコン画像にし、ビアガーデンの季節が来ただの、家族へのクリスマスケーキを買わなくちゃだの、なんてことない日常をつぶやいていた。

　ほぼネットの海に埋もれていたが、あるときどこかの誰かが克史をアイコン画像から勘違いし、本当は女の子なんじゃないかといってきた。飲み会で酔っていたこともあり、

「変態オタクの女の子、ショコラはキモいオジサンにいじり回されたいのー」

　みたいに書きこんだ。それはショコラ・サイダーの曲の歌詞、そのまんまだった。一夜にして、フォロワーが百人も増えていた。男たちに卑猥（ひわい）な言葉を投げつけ

られ、エロ画像を送りつけられ、愛の告白をされ、不快感と不安もあったが、はっきりと高ぶった。

今までのツイッターはいったん消し去り、新たに作り直した。完全に女の子になりきるつもりだった。なんて名前にしようかと思案していたとき、ふっと二十余年ぶりのショコラ・サイダーと真理絵を、そしてノリエを思い出した。

それぞれ検索してみたが、ショコラ・サイダーと真理絵、および元メンバーたちは過去の色あせた動画や画像が出てくるだけで、現在はまったく消息不明だ。真理絵のヌードグラビアやAVは見つけられた。甘酸っぱい思い出とともに、久しぶりに自慰に使った。

あの頃と違い、克史はビデオ機器もパソコンもスマホも持っている。真理絵のAVはちゃんと今も観ることはでき、流出した無修正版まで見つけられた。

本当にがっつりと真理絵は本番をやっていた。大陰唇が意外と黒ずんで肥大し、中の粘膜もグニャグニャとはみ出しそうになっている。男優の陰茎が抜き差しされるたび、真理絵の粘度の高い本気の汁があふれ、陰茎を白く染めていく。

仰向けになって尻をあげ、腿(もも)を自分で持ちあげ、限界まで性器を開いて見せると、男優の放った白い液がシーツにまで垂れていく。尻の穴もぽっかり開いてい

て、

「真理絵ちゃん、お尻も経験あるでしょ。させてよ、入れさせてよ」

そう男優に頼まれると、体勢を変えて痛いといいながらも半分くらい受け入れていた。

しかしノリエは、まったく見つからない。元同級生たちは見つけ出せるが、親しい友達がいなかった克史は、ノリエちゃんはどうしてますか、などと不躾に聞けるものではない。

なんとなくいつかノリエが連絡をくれる気がして、ショコラ・サイダーを名乗ることに決めた。さすがに真理絵本人の画像を無断使用するのはためらいがあり、フリー素材を探した。

無料でアイコン画像に使えるモデルたちのそれをいろいろ検索し、ある東南アジアのモデルを気に入った。長い真っすぐな髪をアニメのキャラみたいな緑色に染めた、色白で華奢な、ちょっとはにかんだ笑顔が可憐な若い美女だ。

真理絵にもノリエにも、似ている気がした。三人の中では、このモデルが一番美人だが。

「ロリ顔で巨乳、男に従順で奔放な小悪魔、エロくてテクニック抜群な清純な乙女」

みたいな男の妄想だけでできた、この世に実在しない女の子になりきり、ずばりの表現は避けながらエロなツイートを書き込めば、わっと男たちが寄ってきた。

適当にあしらいながら、モテ女の気分を味わった。私生活を匂わせる画像は一切あげず、職業や経歴、家族に容姿といったものもまったく言及しなかった。その神秘性と秘密性といったものも、人気を高めた。フォロワー数はぐんぐん伸び、中堅タレント並みになった。

ダイレクトメッセージでも誘いはひっきりなしだが、すべて適当にはぐらかした。

ときおり本当は男じゃないかと疑う人たち、人気を妬む女たち、冷たくされたと逆恨みする男たちから反撃、揚げ足取りのツイートが来れば、克史は信者といってもいいフォロワーたちを煽る。たちまち撃退してもらえ、ネット上だけとはいえ集団リンチもしてもらえた。

自分は何千人も指一本で、いや、ウインク一つで何千人もの兵士を、騎士を動かせる姫だと錯覚し、自慰の際には女の子みたいな声が出た。

「真理絵の芯をもっといじって。ノリエの汁をもっと吸って。ショコラをいじめて」

　そんなある日、驚くようなダイレクトメッセージが届いた。これを待っていたのだ。

「ショコラ・サイダーを、忘れずにいてくれてありがとう。元メンバーの真理絵です」

　文字だけだったが、克史は本人だと信じた。真理絵はＳＮＳはやってなかったが、ネットでたまたま見つけ、克史にメッセージを送るためだけにアカウントを取得したという。

　思いきって克史は本名も明かし、ずっとファンだとメールを返した。本人の前で女のふりはできなかったし、正体を明かした方が好意を持たれると確信した。

　期待通り、真理絵は喜んでくれた。それからしばらく、二人はメールだけで秘密裏にやりとりをした。忘れきっていたのに、熱烈ファンだった大スターと親密になれ、不倫関係にまでなれた気分は克史を有頂天にさせたが、会いたいといわれたときは、困惑した。

「ぼくは冴えないオジサンで、並んで歩いたらあなたが恥ずかしい思いをするかも」

「私は気にしないわ、あなたはきっといい男よ。っていう私は、現役の頃と顔もスタイルもまったく変わってないと、会った人みんなにびっくりされますが」

意を決し、どこかで会おう、妻と別れてもいい、などと妄想が暴走し始めた頃、ある交流会に会社の同僚たちと出席したら、高校時代の同級生にばったり会った。

あたり障りのない近況報告などの後、彼は克史にこんなことをいった。

「もしかして君のところにも、ノリエから連絡来てないか。昔、ショコラなんとかの売れないアイドルに似てるといわれてた、ちょっと可愛い子」

「いや、覚えてはいるけど、まったく音信不通だよ。消息、まったく知らない」

不吉な予感に、胸がざわめいた。もちろん、真理絵とのやりとりなど打ち明けられない。

「なら、よかった。ノリエちょっと、いや、かなり変になってるよ。片っ端から昔の同級生や知り合いの男に連絡取ってる。暇だから、朝から晩までネット見てるらしくて」

ノリエは何度か結婚と離婚を繰り返した後、風俗業に就いていたが心身ともに病気を悪化させ、今は自宅で老いた親が面倒を見ているという。

「だまされて会った友達に聞いたら、見るも無残な婆さんになってて、本人だけはまだ十代の美少女のつもりで、抱いて、そしてお金ちょうだい、としがみついてきたって」

はっきり、背筋に冷たいものが伝う。スマホが鳴っている。真理絵からだろう。

「なんか、たまに記憶や妄想がごっちゃになって、ショコラなんとかの似てた元アイドル本人になりきったり、なりすましたりして現れる場合もあるらしいよ」

ふっと、腐りきった老婆の死体が克史に乗っかってきて、腐汁を垂らす悪夢がよぎった。トイレに立つふりをし、即座にアカウントごとショコラ・サイダーを消し去り、ノリエを着信拒否、ブロックの設定にした。さすがにその後、自宅に来られることはなかった。

まるで連鎖のように、翌週には岩上プロデューサーが詐欺と横領で逮捕され、久しぶりに彼は全国的ニュースになった。次の週には元ショコラ・サイダーの真理絵さんが孤独死、という小さなネットニュースが流れた。

3

逃げるように、なのか。消えるように、なのか。美保(みほ)は子どもの頃に生まれ育った町を離れ、母と見知らぬ町に引っ越した。

母は水商売だけでなく、風俗もやって美保を短大までやってくれた。母が店を通さない常連客を連れこんでいるのを、ふすま一枚隔てた部屋でよく見たし声も聞いた。

「ああん、オモチャなんか使わなくていいっ。生の、生のが欲しいのっ」

母の開いた陰部に赤黒い陰茎が入っているところも見えたが、母の白い肌は美しかった。男の背中に爪を立ててうっとりするふりをしていたが、憎しみに歪む顔にも見えた。

美保も母の男たちに性的な悪さをされることもあったが、すべて忘れるように努めた。

「母親のあそこと、おんなじだな。毛があるかないかだけの違いだ」

どの男かに陰部をいじられ、指を入れられ、耳元でささやかれた。あれはどこの誰。

母は心身ともにすり減らし、美保が短大を出る頃、若くして病死した。

「ショコラ・サイダー、飲んじゃダメよ」

それが最期の言葉だ。病室にいた医者や看護師には、意味不明なうわ言にしか聞こえなかっただろう。美保にはわかった。誰にも何もいわず、母を看取った。
その後は堅実な会社に勤め、ひたすら地道に生きた。小柄でぽっちゃりした美保は今どきの美人ではないが、純朴そうで親しみやすそうで、それなりに男性は近づいてきた。

けれど夢中になれる相手はいなかったし、結婚を夢見ることはできなかった。

それは、父のせいといえばいえる。結果として家族を大いに傷つけ、迷惑をかけたことになるが、美保は父を恨まないようにして生きてきた。

美保の父に関する嫌な記憶は、父の死にまつわるものしかない。そのはずだ。

幼い頃に暮らした地方の一軒家は、そんな大きくはないが庭には菜園や花壇があり、居心地がよかった。父の車庫もあり、運転免許のない母と子どもだった美保は、滅多にそこには入らなかった。湿っぽく暗い車庫は、美保にはもともと怖い場所だった。

その車庫で、父は首を吊った。屋根の梁からぶら下がっていたのではなく、窓枠に結びつけたロープに首を通し、足を投げだして座った状態で事切れていたという。

見つけた母もその場に腰を抜かし、しばらく父と同じ格好をしていたらしい。

その日、父は普通に出勤していたし。家族でテレビを見て笑いながら晩ご飯も食べた。

夜、美保は二階の部屋で一人寝ていて、父と母は玄関脇の寝室に寝ていた。母によると、不吉な夢を見て目が覚めたら隣に父がおらず、妙な胸騒ぎがして家中を探し回り、いないので外に出たら車庫に灯（あかり）がついていた、ということだった。母の悲鳴とそれに続く近所の人たちの騒ぐ物音、しばらくして来たパトカーや救急車のサイレンは生々しく覚えているが、父の通夜や葬儀はあまり記憶にない。

衝撃が大きすぎた上に母が父の写真を処分したこともあり、父の顔が思い出せない。

働き盛りの一家の主人の自殺は、遺族も同情されるだけでいいはずだったのに、駆けつけた近所の誰かから父の死に様の異様さが漏れ、ネットや携帯電話のなかった時代でも町中、学校中におもしろおかしく駆け巡った。

父はいつ、それらを買っていたのかまったくわからなかったが、緑色の長い髪のカツラをかぶり、女物のひらひらした薄水色のミニのワンピースを着ていた。

足元にはショコラ・サイダーという飲み物の、空になった紙パックが転がっていた。潰（つぶ）れていたのは、母がその上に尻もちをついたためだという。だが、これも妙だった。父は甘いジュース類を滅多に飲まず、母も美保もその飲み物は好きでなかった。

遺書もなく、自殺する理由もなく、あまりに異様な格好をしていたので、他殺説まで出たが、警察の捜査でも事件性はなし、だった。外部からの侵入跡は見られず、父が抵抗した跡もない。首を吊っていたロープも、元から車庫にあるものだった。

カツラは宴会用の安物、服もワゴンなどで売られている量販品、ショコラ・サイダーも当時はその辺のスーパーでまとめて安売りされていた。

当時、『変態オタク倶楽部』という深夜のお色気番組があり、美保はそれをそのまんまあだ名にされ、いじめられた。母も何も悪いことはしてないのに、一家の恥だの私たちまで変なふうに見られるだの、実家や親戚からも白い目を向けられた。

だから二人は、誰も自分たちを知らない縁もゆかりもない街に引っ越したのだ。そこは有名な繁華街、いや、夜の歓楽街があった。母は、そのような街にしか居場所も働く場所もないと、覚悟を決めたのだろう。

もともとショコラ・サイダーはあまり美味しくないと評判で、すぐ製造中止になった。

ＡＶ女優と風俗嬢と売れない芸人しか出ていなかった『変態オタク倶楽部』は、内容が下劣なだけでなく出演者のスキャンダルが相次ぎ、一年もたずに打ち切りとなった。

美保は、どんなに親しくなった人にも付き合った男にも、父の死を語らなかった。物心つかない頃、交通事故死したことにしていた。

美保も性的な知識や経験が増えていくにつれ、父のあれは本当は事故死だったと思うようになっていった。警察でもそのように解釈されたため、事件化しなかったのだ。

父が本当に変態だったと認めるのはつらいものもあるが、要するに女装して首絞め自慰プレイに耽っていたのではないか。熱中しすぎて本当に、首が締まってしまったのだ。

母は不吉な夢を見て目を覚ましたと警察にも親戚などにも繰り返していたが、どんな夢かはまったくいわなかった。内容は忘れたけど、ただ気持ち悪い夢だった、としか。

体調を崩しても無理をしていた母が、ついに病院に行き、もはや手遅れに近いほど病気は進行していると宣告されたその夜、初めて美保に夢の話を打ち明けてくれた。

「緑色の長い髪に、薄水色のひらひらしたミニのワンピースを着た色白の細い美人が、薄暗い部屋に誘い込もうとするの。そこには棺（ひつぎ）があるのはわかっていて、入れられたくないから逃げ回るのね。でも、その中にはもう、死体が入っている。その死体が誰かわかって、お母さんは絶叫する。そこで目が覚めた」

そして母は、夢の中の女と同じ格好で死んでいる父を発見した、ということだ。

初めて聞いたときはぞっとしたが、母はたぶん父の死の衝撃で夢と現実がごっちゃになり、そんな予知夢を見ていたと後から記憶を作り換えたんだろうと美保は考えた。

就職してパソコンを買って以来、父の死についての検索はたまにやっているが、

「子どもの頃、同級生のお父さんが変な死に方したよ。女装して首吊ってた」

といった、もしかしたらというものは散見される。事件ではなかったので、はっきり特定できるような書き込みは今のところ見当たらない。ただ、ちょっとした発見はあった。

「××って咳（せき）止め液が、一気飲みすると覚醒剤に似た症状が起きるってことで製

造中止になったけど。昔あった、ショコラ・サイダー。あれがいきなり消えたのは、薬物、毒物を混ぜるのに最適、といわれ始めたから。混ぜた異物の味が、わかりにくくなる」

というのをいくつか見つけ、父はそれを知って何らかの薬物を溶かして飲んだ、もしくは誰かに飲まそうとしたのかもしれない、と気づいた。

事件性はなく、遺族も解剖など望まなかったから、飲みほしたショコラ・サイダーの空パックも重要な遺留物ではなく、ただのゴミとして処分されたけれど。

良くいえば平穏無事、悪くいえば無味乾燥な日々をやり過ごすうちに、美保は四十路(よそじ)になった。五年前、なかなか結婚に踏み切らない美保に、もう待てないと去っていった元同僚が今のところ最後の男だ。彼は美保と別れてすぐ、見合い結婚したと聞いた。

たまに出会い系など利用することもあったが、今は特定の相手は欲しくない。自慰は小学生の頃からしているが、変わった方法で試してみようというのはなかった。ましてや首を絞めてなど、男に頼んだことはない。

変態に会ってみたい。そんな気になったのは、ついに父が死んだ歳になったからだ。

出会いのためにツイッターを始めようと思いたったとき、まずはアイコンにできそうな写真を探した。美女、コスプレ、緑の髪、などで検索し、ほぼ理想的なものを見つけた。

東南アジアのモデルで、長い真っすぐな髪を緑色に染め、薄水色のミニのワンピースを着て、やや横向きで微笑んでいる。見た瞬間、母の夢にはこの女が出てきたんだと確信し、父はこんなふうになりたかった、いや、こんな女になりきっていたんだ、と理解した。

しかもフリー素材で、勝手に無料で使用してよいものだった。

その画像をみずからのアイコンとした美保は、ハンドルネームも自然にショコラ・サイダーと決めたが、あえて変態オタク倶楽部というのも付け加えた。ずばりを書くと凍結されたり通報されたりするので、エロエロな気分でいること、誘われれば会いに行くこと、ちょっと変態なこと、などなど仄(ほの)めかし、アピールした。

勝手にアイコンの美女を本人だと勘違いし、ダイレクトメッセージを送ってくる男たちのうちから、近場で会えそうな安全そうなのを何人か選んで会った。

会うと決まったら、アイコンとは別人だと告げた。それで連絡を断つ男もいたし、わかったといいながら美保を遠目に確かめて立ち去る男もいた。最初は傷ついても、何度か繰り返せば慣れてくる。

あんたでいいよとホテルに行きたがる男は、すべて本気で惚れそうになった。そんな男の一人が、裕史だった。同い年の彼はIT関係の仕事に就き、妻はいたが気の強い女で、心が休まるときがないのだという。

「美保みたいに、すべてごっくんと飲みほしてくれたりしないよ。それどころか、しゃぶってもくれない。妻はオッパイはデカいけど、感度が悪くて。美保みたいに、すぐビンビンに乳首を立てたりしない。だらーん、とだらしなくゆるんでいる。どこもかしこも」

いかにも気弱そうで小柄な彼は、子どもの頃はいじめられっ子だったというのもうなずけたが、体が貧弱なわりに陰茎は太く長く、精力も強い彼には美保も惚れたのではないが、いつになく自分をかなりさらけ出せた。

体だけでなく、子どもの頃の忌まわしい父の死の記憶もすべて話せた。

「初めてよ、父の話をしたの。あと、本気でイッたのも初めて」

もっとも、ツイッターをあんなアイコンや名前で始めた時点で、さらけ出したい願望は抱いていたのだ。記憶の中の父は、裕史と重なっていく。裕史を根元まで飲み込んでまたがり、気が遠くなるまで腰を振る。陰部の形の相性もいいから、決して抜けない。

いったん、アカウントを消し去った。もはや、目的を達した気持ちになれたからだ。

あるとき裕史は、緑色の長いカツラと薄水色のひらひらしたミニのワンピースを持ってきてくれた。繁華街の行きつけのラブホでそれをベッドに広げられたとき、激しく美保は高ぶった。あっという間に陰部は濡れ、足が震えた。

「今日は、特製の飲み物も用意してきたよ」

なんと裕史は、ネットで探したショコラ・サイダーの紙パックを印刷し、市販のありふれた紙パックに貼りつけて持ってきた。

「中も、僕なりに調整したよ。成分を調べてさ。完璧じゃないけど、かなり再現度は高いはず。でもそんな危ない変なもんじゃないから、安心して。要するに名前通り、チョコレートと炭酸水を混ぜたものだよ。ブラックチョコだから、ちょっと苦いかも」

緑色のカツラをかぶり、薄水色のミニのワンピースをまとう。アイコンに使った美女ではなく、父の死んだときの姿になった、と鏡を見て戦慄（せんりつ）した。

「お父さんの供養をしようじゃないか」

裕史に、特製のショコラ・サイダーを飲まされた。確かに苦みがあり、美味しくはない。ああ、でもこの味だ。しばらくして、体が重くだるくなってきた。窓の下に引きずられていき、首にロープをかけられる。そのまま横倒しにされ、裕史にのしかかられる。濡れているのに、彼の陰茎が大きいから肉の亀裂を押し広げられると、痛みもある。全身を軋(きし)ませるようにして、奥まで突っ込まれる。

「母親のあそこと、おんなじだな。毛があるかないかだけの違いだ」

なんだろう、この感覚。ああ、思い出した。封印していた、あの記憶。もう一つの父の、忌まわしい記憶。涎(よだれ)を垂らす裕史が完全に、おかしくなってしまった人の目をしている。

こんな目つきを、子どもの頃にも見ている。裕史が、父の声でしゃべっている。裕史も、緑色の髪の美女になっている。苦しい、痛い。やめて、お父さん。

「そうだよ美保。お父さんはときおりお前に睡眠薬入りのショコラ・サイダーを飲ませて、アレをしていたんだ。罪悪感にさいなまれて自殺した、といいたいけど、お父さんは本当に変態だったからね。変態として死にたかったんだよ」

美保の死体はホテルの従業員に発見され、通報された。監視カメラには男と部屋に入る姿が録画されており、その男は美保を置いて逃げていた。

美保は全裸で、持ち物もすべて持ち去られていた。解剖の結果、死の直前にチョコレートと炭酸飲料と睡眠薬を摂取していたのはわかった。

殺人と事故の双方の捜査が始まったが、父の死と関連づけられることはなかった。

夢見るレイラの華麗なキャリア

1

世間じゃまだまだ、若い女といわれる。でもアイドルとなれば、そう若くはない。そろそろアイドルじゃいられなくなるね、なんていわれる年頃。

ましてや今からアイドルを目指すなどといえば、もうオバサンなのにと笑われる。

――庭山由紀(にわやまゆき)が幼い頃は、アイドルというものはテレビの中にいる手の届かない別世界の特別な人たちでしかなかった。自分とは直接の関係がないから、ひたすらきれいだなぁ可愛いなぁと素直に憧れるだけだった。

小学校に上がってしばらくしてから、我が校のアイドル、クラスのアイドル、近所のアイドルなどがいるのを目の当たりにするようになる。

人目を引くほど、顔が可愛い子。容姿は平凡でも、家が金持ちと勉強やスポーツができて目立つ子。陽気で快活で、場を仕切ったり座の中心になれる子。バレエやバイオリンといったハイソな習い事をしている、独特の雰囲気がある子。

その子たちは、周りの子に比べれば何かが秀でている。何かが突出しているとはいえ、テレビで歌い踊り、映画でラブストーリーを演じる芸能人とは違う。いってみれば、普通の子だ。我が校のアイドルといわれても、校外ではまさに普通の子。それでもその子たちはアイドルと呼ばれ、アイドルとして扱われ、本人たちも名乗りはしなくてもアイドルとして振る舞っていた。

その子たちはテレビには出られないといっても、由紀は自分がその子たちみたいなクラスのアイドルにすらなれない現実には打ちのめされたし、ずっと密かに悩み続けた。

由紀は悲惨な貧困家庭の子でもなければ、それを理由にいじめられるほどの容姿でもない。勉強が苦手でも、ひどい運動音痴でもない。家庭も容姿も頭も身体能力も、何もかもが平均値。図工に音楽、家庭科などもすべて平均点だった。

アイドルにはなれなくても、いじめられも嫌われもせず、普通に学校は楽しかった。

由紀よりはるかに勉強もスポーツもでき、長身ですっきり和風のイケメン、それこそちょっとした校内のアイドルだった兄がいるが、六歳離れていたので同じ時期に同じ小学校や中学校には行かなかった。偏差値の違いから高校と大学は別だったので、

「あの人の妹にしては、ぱっとしない」

といった噂もされず、劣等感にさいなまれはしなかった。仲も良かったし、親にも分け隔てなく可愛がられた。兄は有名企業に就職し、かなり大きなミスコンで優勝したこともある、それこそ社内のアイドルと結婚して実家近くの高級マンションに暮らしている。

ともあれ由紀はずっとアイドルになれないのを悩み続ける青春時代だったが、何かに猛烈に打ち込んで目立つ存在になろうとか、性格を変えてぐいぐい真ん中や前に出ていこうとか、逆に不良として怖がられようとか、そんな行動力もなかった。

中学、高校となれば、モテるというよりずばりヤリマンなどと呼ばれ、男関係の派手さである種のアイドルになる子たちもいた。

由紀も軽く付き合った男の子は数人いたが、交際期間中に彼一人のアイドルになれるだけで、他のただのクラスメイトたちからはモテもせずアイドル扱いも受けられなかった。

ここでも由紀は、色気を振りまいて簡単にいろんな男と付き合ってエロなアイドルとなる、といった賭(か)けにも出られず、そんな女の子たちを横目に見るだけだった。

短大は女の園だったが、学園祭やミスコンで優勝する子だけでなく、モーターショーのコンパニオンだのイベントのキャンペーンガールだの地方局のリポーターだの、派手で華やかで、本当に芸能人に近いアイドルといっていい子たちがいた。

ここでも由紀は、自分もそんなバイトに応募してみようとか、その子たちの取り巻きになって、現場でコネを作ってみようともしなかった。

その臆病さと変な堅さは、母が影響していたのか。ときおり、そう思った。

由紀の母はテレビのベッドシーンはすかさず消す、ちょっとでもベッドシーンがある漫画は読ませない、男の子との付き合いはずっと監視する、みたいな徹底した性的な厳しさはなかったものの、妙なところで頑(かたく)なさを発揮していた。

中二で遅めの初潮が来たとき、友達は「お母さんが赤飯炊いてくれた」みたいな話をしていたから由紀も、

「おめでたいことなんだよね。一人前の女になったんだよね」

と意気揚々と報告したら、母は顔を曇らせてナプキンを買ってきただけで、お赤飯はなかった。明らかに母は、沈んでいた。

中学に入って胸がどんどんふくらんできて、友達はみんなブラジャーをつけているのに由紀は買ってもらえなかった。そんなのまだ早いわ、と。

先生からも体育のときは必要だといわれて何度も母に頼んだら、何の飾りもない、ぱっと見は下着に見えないタンクトップみたいなスポーツブラを買ってこられた。

思えばパンツもずっと、子ども用みたいなおへそまで隠れる木綿のをはかされていた。

由紀の母はおそらく、いつまでも由紀に子どもでいてほしかったのだ。いわば、母は娘をアイドルとして見ていたともいえる。

高校生のときに彼氏と初体験もしたけれど、もちろんそんなことは母には気配すら感じさせず、何も知らない処女のふりをしながら子どもみたいな下着をつけ

続けた。

けれど初体験のとき彼氏に、

「処女とはいえ、今どきこんなん珍しいよなぁ。由紀はほんと、お堅い家のお嬢さんなんだ。それはいいけどさー、そのー、うちのオカンでも、もっと可愛いのはいてるし」

とからかわれ、彼がすでに女経験があったことよりも傷ついたし、恥ずかしかった。

バイトは禁じられていたので、母に下着は買ってもらうしかない。とてもじゃないが母にTバックをはきたいのだの、透けてるレースがいいだの、いえなかった。

さすがに服は、派手すぎず露出度が高すぎずであれば今どきのを買ってもらえたが、ひらひらの下着とともに、アイドルが着ている服というより華美な衣装に憧れ続けた。

父も特に厳しくも甘くもなかったが、家では母があらゆることに主導権を握っていた。元ミスだという兄の奥さんを母は最初はかなり嫌がっていた。

元ミスというだけで、会ったこともないうちから男関係が派手に違いない、虚(きょ)

栄心が強い浪費家に違いないと決めつけていた。兄嫁となった人はまったくそんなことはない、堅実で優しく賢い人で、会ううちに母もだんだん好意的になっていった。

由紀も義姉を嫌いではないが、ミスにも選ばれ、有名女性誌のモデルをやって芸能界からスカウトもされたのに、親の反対で芸能活動はすべて断って堅い企業に入ったら社内一の美女として内外に鳴り響いたというエピソードを聞き、不毛な嫉妬に燃えた。

「なによー、結局は本当のアイドルにはなれなかったんでしょ」

こう、胸の内でつぶやくしかなかった。

ともあれ由紀は短大に進み、小学生の家庭教師や女性客しか来ない化粧品店といった、要は男と間違いを起こさないと思われるバイトは母から許されるようになると、こっそり派手な下着や服を買った。

派手といってもヒョウ柄Tバックや乳首が透けるブラジャー、谷間くっきりの服や下着がのぞきそうなミニスカではなく、形は普通でリボンとフリルとレースに飾られ、パステルカラーの花柄に小さな水玉模様、といった女の子っぽい可愛いものばかりだ。

母に何かいわれないよう、派手めのものは風呂場で手洗いして自分の部屋に干し、家を出るときは地味な格好で、こっそりバッグに派手な服は隠し、街なかのホテルやデパートのトイレで着替えていた。

実は、家庭教師をしていた荒木家のお父さんである峻といい仲になっていた。彼とのデートのために、由紀はおしゃれしたかった。母も、絶対に悪い虫がつかない安全なバイト先と思っていたのに、後から知って彼を虫呼ばわりして怒り狂った。

彼は小学生の男の子を育てていたけれど離婚しているので不倫ではないし、けっこういい会社に勤めて高級分譲マンションに住み、イケメンではないが悪い見た目でもない。

とはいえ、倍近い年上のバツイチ子持ち男なんか、母が許すわけはなかった。

彼はセックスそのものは普通だけれど、由紀にセクシーな下着を着せたがった。彼の部屋に隠してある、股間が開いていたり全部透けていたりすべて紐だけでできたような、下着ともいえない下着。これはさすがに、家にはつけて帰れない。

「なんていやらしいんだ。こんな恥ずかしい格好、親に見られたら死ぬよな」

ただいやらしい下着をつけてベッドに仰向けにされているだけなのに、じわじわと自分の芯といっていい部分から体液がにじみ、あふれて滴る。

まさに親にも見せたことがない箇所を、くまなく見られている。足を広げれば、彼が欲しくて疼く部分もぱっくり開き、足を閉じてもそこはだらしなく開ききっている。

まさに穴が開くほど見つめられること、恥ずかしいところをスマホやデジカメで撮られていること。これぞアイドルという感じだ。

「ああん、もっと見て。いやっ、見ないで」

「どっちんなんだよ」

「あ、いやーん、見てないで、入れてっ」

網タイツが全身を覆うような、ボディタイツ。胸と性器のところだけ、くりぬかれている。本来、下着の用途はそこを覆い隠すもの。つまりこれは下着ではないわけで、そのまま由紀は猛る陰茎をねじ込まれる。

網越しに尻の肉を強くつかまれて出し入れされ、はしたなく白目をむく。

アイドルも本来は、清純な乙女。さわれもしない存在。だから挿入されている自分はアイドルではない。でも、彼にとってはアイドル。

そんな甘い蜜の滴る日々は、長くは続かなかった。一応、避妊には気をつけていたつもりだったのに、妊娠してしまったのだ。

由紀は生理は順調なほうだったので、次の予定日を一週間過ぎても来ないというだけで確信していたが、薬局で妊娠検査薬を買って試したら、はっきりと陽性反応が出た。

真っ先に峻ではなく母の顔が浮かび、そうなるとただもう恐怖と絶望で一瞬だが死をも考えた。峻に打ち明けるとわずかに迷った後、産んで結婚もしてくれといった。

「息子の元気も、由紀にはなついているし、由紀は元気のアイドルなんだよ。いや、ぼくにとってもアイドルだったけど、引退して普通の奥さんになってほしい」

平凡でもきらめく未来を夢見、アイドルになんかなれなくても、たった一人の男に愛されればいいんだと、由紀がうれし涙を流したのはここまでだった。

すべて打ち明けたら、いつも優しく大人しい父が母以上に激昂した。話を聞かされた兄もわざわざやってきて、初めて父や兄と怒鳴りあいの大ゲンカをした。

父と兄は家に来て土下座した峻を強姦魔、詐欺師、犯罪者呼ばわりし、二度と由紀に近づくなと怒鳴りつけた。母はただもう泣くだけで、死にたいと繰り返した。

そのような修羅場を通り越すには、由紀が中絶手術を受けて峻と別れるしかなかった。

一ヵ月ほど病気だとして短大を休み、バイトも不要な外出も禁じられた。鬱々としたほとんど軟禁状態の日々を過ごす間、由紀の心には再びアイドルになりたい夢がふくらみ始めていた。夢というより、妄想だ。平凡な幸せにひたる母で妻の自分を想像するのは辛すぎたから、きらめく舞台で踊るアイドルの自分を必死に妄想した。

とはいえ由紀は、現実も見据えた。いろいろつらいことを忘れて心機一転やり直したいから東京に出たいと親にいい、東京の会社に就職を決めた。

知名度も規模も小さく、給料もよくはなかったが、もともとアイドル活動のために上京する気だったから、アリバイ作りのための会社などどうでもよかった。

峻とまた会われては困ると判断した親は、上京を許してくれた。峻と連絡は取らなくなったが、彼のSNSをこっそり見たら、ちゃっかり別の女ができていた。

もちろん怒りも悲しみも未練も後悔もあったが、アイドルになって見返してやる、というのを奮い立たせる燃料にすることもできた。

一人暮らしを始め、給料の範囲内でだが好きな下着や服を買って自由に着られるようになり、いろんなオーディションも受けた。受かるところは、レッスン料や登録料が必要な小さくて無名、はっきりいってうさん臭いところばかりだった。

早々に会社を辞め、萌野夢乃（もえのゆめの）と名乗る地下アイドルになっていた。ライブハウスやスナックなどのステージ、小さな舞台に立つのだが、自分で出演料、使用料を払うのだ。

それだけでは赤字なので、ファンとツーショットを撮っていくらかもらう。それでも足りないので、個室撮影のサービスも始めた。二人きりになって、きわどい姿を撮らせる。これはもう、完全に風俗のサービスのそれだった。

「夢乃ちゃん、下着から大陰唇がはみ出ているよ。きれいな色してるね」

「もっと見たい？　その中身も見たい？　もっときれいな色してるよ……」

2

「アイドルのときは萌野夢乃、女優になれば花咲優菜（はなさきゆうな）。ステージを降りてカメラのフレームにも背を向け、普通の女の子に戻ったときは庭山由紀」

声には出さず、由紀は自分で自分にナレーションをつけてみる。今の自分は、庭山由紀。上京して五年、住み慣れた1DKのアパートの部屋はゴミ屋敷化してきていた。よれよれTシャツ一枚で、どうにか作った空間にあぐらをかき、カップラーメンをすする。

「やーね、ファンには見せられないわ」

ほこりだらけの鏡に向かい、にっと笑って見せる。二重まぶたと鼻とあご、安い医者にかかったからまぶたは引きつれ、鼻は割りばしを突っ込んだみたいにぴーんと額から生え、あごは不自然にとがりすぎた。

故郷の友達には五年くらい会っていないが、会えば驚かれるだろう。きれいになったといわれると由紀は信じているが、現実としては「あなた誰」だ。

地方都市の中流家庭に生まれ、短大生の頃まではごく普通の子だった。

小学生の頃からアイドルに憧れ続け、クラスのアイドルにすらなれないことに悩み続けていたけれど、好きな男と一緒になって普通の奥さんになるのもいいなと思った。

ただし、真剣につき合った男がバツイチで倍近く年が離れていて、前妻の子がいた。だから妊娠もしていたのに親が大反対し、手術の後に別れさせられた。

それから由紀は地元を出てやり直したいというのを口実に、東京の会社に就職した。

アイドルを目指しながらがんばったが、事務所に所属して華々しくテレビで活躍して高いギャラをもらえるプロのアイドルにはなれず、すべて持ち出しのいわゆる地下アイドルにしかなれなかった。自分でつけた芸名だけが、虚しくキラキラしている。

盛りまくり加工しまくった、ほとんど別人というよりはもはやイラストといっていい画像だらけのSNSを駆使し、自分で宣伝し売り込み、ファンと直接やりとりし、自分で店に出演料を払ってステージに立つ。

自費出版で作家と名乗るようなものだが、医者や弁護士と違って作家やアイドルは名乗るのは自由で、名乗っても罪にはならない。なるための、試験も資格も要らない。

萌野夢乃のファンではなく、地下アイドルというジャンルの女たちが好きなマニアの男たちとツーショットを撮り、その写真を一枚千円くらいで売る。

それだけでは交通費にもならないので、すれすれのぎりぎりのこともやった。喫茶店の会議室やレンタルルームなどで、個人の撮影会に応じる。ときにはライブハウスのトイレでこっそり、という場合もあった。

「ねぇ、お尻の穴、見る？　あと三千円くれたら見せてあげる。あ、挿入はだめっ。夢乃、お尻は処女なの。ほら、ピンクでキュッと締まってるでしょ」

挿入とフェラは無しだが、服の上から胸、下着越しに陰部はさわらせたし見せたし、ズボンの上から、値段によっては直接、股間を撫でて握ってやることもあった。

「フェラはだめよー、だって夢乃はアイドルよ。あ、でもおちんちん、じっと見てあげる。ほら、自分でしごいてみて。夢乃、イクまで見ててあげるから。あっ、やだ、もう出ちゃったの。いやーん、スカートについちゃった。クリーニング代、二千円でいいよ」

こうなると、ほとんど風俗だ。だったら割りきって、風俗店に所属するかという考えも何度もよぎったが、自分はアイドルだと留まった。

ときどき顔を合わせる同じくらい売れてない、あるいは由紀よりは多少売れてるくらいの地下アイドルには、ピンサロでバイトしている子も多かった。

シャワーなし、おしぼりだけで陰茎を拭いてくわえてイカせるピンサロは、かなり過酷な風俗だが、店内が暗くて、あまり顔がわからないのが利点だった。

明るい照明の下でまじまじと顔を見られるデリヘルやソープなどでは、客が地下アイドルマニアだったりすると身バレの恐れがある。

実際、ローカルの深夜とはいえテレビ出演のチャンスに恵まれた子が、そのたった一度のメジャーな露出がたまたま地下アイドル好きの男たちの目にとまり、デリヘル勤務をばらされただけでなく、卒業した高校や本名までネットに拡散された。

その子は開き直って元アイドルを売りにデリヘル勤務を本業にしたらしいが、由紀はそこまで吹っ切るなんて無理だ。

だから目立たないよう、ネットを使ったり地下アイドル仲間に紹介されたりで、援助交際改めパパ活もいっときがんばった。個人でオヤジと契約して、デートをしてお小遣いをもらう。成り行きと金額によっては、ホテルにも行く。

けれど、由紀には難しかった。興味もない好意も持てない、それどころか生理的嫌悪感すら催す(もよお)オヤジに、自分を押し殺して媚(こ)びなければならないのだ。しかもハシタ金のために、ちやほやされたい由紀としては、体より心がもたなかった。

キモいオヤジと高級焼き肉店に行くより、家でコンビニ弁当を食べている方が楽だった。

こういう、根性と上昇志向と割り切りの無さが、ブレイクしない原因かなと思うことは、それもある種の逃げだった。

歌も踊りもヘタだから。アイドルやるのに二十五なんてオバサンすぎるから。なんたって可愛くないから。それを直視するのは嫌だった。直視しないで済むようにしたかった。

ただの無職の地下アイドルマニアみたいな見た目なのに、ものすごく華麗な経歴を披露してくれたのは、榎村正彦だ。いっとき、由紀は彼に身も心もゆだねた。

誰でも知っている有名ミュージシャンが師匠だといい、あの人気歌手の武道館ライブ、あの有名アイドルグループの東京ドームコンサートも手がけたと吹いた。

人気ドラマの主演に引っ張りだこのセクシーアイドルと、恋人だともいった。

「ぜひ、夢乃ちゃんのプロデュースもやりたい。俺に任せてくれたら、来月には人気ドラマの出演も、有名雑誌の表紙やグラビアも決まる」

みたいなことをいってきた。そんな人が無名の地下アイドルを個室で撮影するか、と後になって苦笑したが、そのときは藁にも縋る思いで、まさに藁だったわけだ。

とはいえ本当に、由紀が出演料を払わず、由紀が自腹でフライヤーやチラシを作らずに済み、個室の撮影なんかしないでツーショットのチェキだけで一万円くらい稼がせてくれるイベントを何度かやってくれた。

　風俗を兼業している無名の地下アイドルを何人かまとめて出演させてくれたのだが、三十人ほどでいっぱいになる店ばかりだった。

　東京ドームや武道館を手掛け、世界的ミュージシャンと仲良しのプロデューサーがどうしてそんな無名の女たちと小さなライブハウスのイベントをやるのか、一人としてアイドルは疑問を口にしなかった。

　由紀だけでなく、自分はそんなプロデューサーに気に入られ、見いだされているという夢を見ていたのだ。地下アイドルは何といっても、自分が自分の一番のファンなのだ。

　そして由紀だけでなく、正彦のイベントに出される地下アイドルは全員、正彦に食われていた。すごいプロデューサーに枕営業しているとも、ただの風俗嬢扱いされているとも思わなかった。私はすごい人の恋人よ、と信じていたのだ。

「由紀、目をつぶるなよ。ほら、鏡を見てみろ。あんなに充血している。こんなに腰が細いのに、よくこんな太いものが入るよな」

　正彦は由紀を楽器として扱うように、乳首を優しく微妙な強弱をつけてつまんでくれ、敏感な陰核を舌先で弾いてくれ、由紀は本当に楽器のような声をあげさせられた。

破綻は、正彦がつい調子に乗ってディープなロックファンには有名なイベントのスタッフをしたと吹聴し、一般的には無名だけれどマニアックな熱烈ファンを持つ、アイドルグループの子が恋人だといいふらしてしまったからだ。

武道館だの東京ドームだの、ドラマの主演をしているアイドルだの、スケールが大きすぎるホラの方が、意外とばれない。関わる人数が巨大すぎ、いちいち検証できないからだ。

しかし人数が限られるものだと、必ずや本当の関係者の耳に入る。

「そんな奴、スタッフだったぼくも知らない」

「あの子の彼氏は、広告代理店のイケメンだよ。って、実は極秘に結婚もしてるし」

ただ地下アイドルとやりたかっただけ。というより、正彦もいわば地下プロデューサーというのか。有名プロデューサーごっこをしたかったのだ。

正彦が姿をくらましてから、また由紀は自腹を切る生活に戻った。

親には、新卒で入った会社にまだ勤めていることにしてある。実際は一年もたずに辞めていた。そのことと、地下アイドル活動などを知られたら、即座に連れ戻される。

子どもの頃、母に制限されていた派手な下着や服。自分で買って着られるようになったし、アイドル活動のために必要だけれど、ただのゴミとして部屋中に積み重なっていく。

アイドル着用の衣装としてネットで売ってみても、まったく高値はつかない。変態オヤジが、おしっこの染みをつけてくれなどといってくるだけだ。

自分でSNSでファンを募って萌野夢乃お誕生会など開催したが、惨めな思いだけさせられた。十人くらい申し込んできたのに、ドタキャン、無断の欠席、それらが半分。

来た五人も、やらせてくれるくらいにしか思っておらず、プレゼントもひどかった。その地方でしか使えないカラオケボックスの半額券とか、賞味期限の切れた調味料の詰め合わせ。そいつらも、誰かにもらった要らないものを持ってきただけだ。

持ってくるだけマシで、手ぶらで来るやつもいた。しかしとりあえず一票だと、由紀は歌って踊ってチェキを撮り、記念品を渡した。

なのに次のライブに来てくれたのはその中の三人だけで、来なかった二人の男はひどいことをツイッターなどに書いていた。

「あの子の誕生会に行ったけど、カラオケボックスでぱさぱさのサンドイッチに柿ピーとビールで五千円はないよな。しかもパンチラすらなし」

「記念品もらったけど、ボール紙にサインとプリクラシールだよ。オークションに出しても0円じゃん、こんなの」

そんな由紀はついに、AVにも出演してしまった。こちらも個室撮影を何度かしれくれた、スカウトマンの桜木雄平（さくらぎゆうへい）。

最初、スカウトマンというから芸能界関係だと思い込んでいたのに、風俗やAVのそれだった。

歌舞伎町（かぶきちょう）のホストみたいな、いかにも夜と派手な世界に生きている人の見た目ではなく、近所のラーメン店の店員か宅配便のドライバーみたいな、つまり素朴で親しみやすい雰囲気だったので、気を許してしまった。

個室の撮影でも、パンツをちらっと見せたり服の上から胸をさわらせるだけで満足してくれ、強い要求はして来なかった。本当に自分のファンなんだと、由紀は感激した。

そんな雄平に、ちょっとセクシーなビデオに出てみようと誘われた。

「これだって芸能活動だし、演技力もルックスも必要だよ」

雄平は言葉巧みだったというより、ひたすら優しかった。ちやほやしてくれた。

「化粧と髪型を変えたら、ばれないもんだよ。いや、由紀ちゃんは今も可愛いけど、ちょっと整形したら本格的にアイドルとして有名になる頃には絶対にわかんなくなるって」

その言葉で、さらに整形に走るようになったのだ。

あっという間に脱がされ、初めての撮影はさすがに緊張して訳がわからなくなっていた。そのときは適当に女子大生あや、みたいな名前だったが、二度目から芸名をつけられた。

花咲優菜。どういう意味があるのか知らないが、雄平の命名だ。

そうして由紀は、初めて事務所に入った。AVだけの事務所だが、事務所に所属という立場と身分に舞い上がった。本当に自分はアイドルになったと。

マネージャーの女性もついてくれた。由紀だけにではなく十人くらいの女の子をまとめてだから、常に現場には来てくれない。マネージャーも元AV女優だった。田舎に帰った方がいいよという口癖も、意地悪ではなく思いやりなのかもしれない。

自分でもどうしたいのかわからないままに、現場では五人を超える男に輪姦されながら今晩は何食べようかと考えたり、犬にクンニされながら、今日ってお母さんの誕生日だと思い出したりしていた。頭を空っぽにすることが、過酷な撮影への対処だった。

ときどき、現場にうざい女がいた。アイドルになれるとだまされたといいながら、ＡＶに出続けている。あんたがアイドルになんかなれるか。向こうも同じ目で由紀を見た。

今日も、午前中はイケメン男優とＳＭやって、午後はキモい汁男優三人に疑似レイプされて。それでも現場は、地下アイドル時代よりアイドルになれた。ヘアメイクがつき、芸名で呼ばれ、暑くないか寒くないかお腹空いてないか痛くないか、あれこれ気にかけてもらえる。自分でお金を払うこともなく、出演料をもらえる。

仕事としてやった後は、雄平に恋人としてプライベートでしてもらえる。ローションなしで、粘る汁を吹きださせながらまじわり、演技ではない声を出す。

3

アイドルを目指して上京して、もう十年が過ぎた。

自分としてはデビュー十周年のつもりだが、萌野夢乃というアイドルを知る人はよほどの地下アイドルマニアだ。十周年といいつつ永遠の二十歳という設定にしてあるが、中身の庭山由紀は今年、三十歳になった。

一度も地上波のテレビには出演経験がなく、自主制作でないＣＤやＤＶＤも一枚もない。

カラダ目当てのインチキ詐欺師の自称プロデューサーに、交通費くらいの出演料で何度かライブハウスに出してもらったが、いろんな嘘がばれてそいつは消えた。

故郷の親、特に母親は頭が固くていろいろな偏見や思いこみがあるので、アイドル活動などほとんど風俗業と見ていた。

だから由紀は一年もたずに辞めた、新卒で入った会社に今もいるふりをしている。

さすがに由紀も現実をいやというほど見せられたが、それでもアイドルの夢は捨てきれず、今もって自分で出演料を払いながらライブハウスを回っている。主な収入は、個室でエロな撮影をさせることだったが、顧客の男の一人に誘われ、花咲優菜という名前でＡＶに何本か出演した。

ＡＶ女優も今の売れっ子は、まさにアイドル並みのルックスが必要だ。由紀には大手メーカーと専属契約なんか、それこそメジャーなアイドルになるくらい難しかった。

由紀は安くてハードな企画物に出る、いわば地下ＡＶ女優だ。この世界でも由紀は、メジャーになれなかった。逆さづりにされたまま男優の陰茎をしゃぶって貧血（ひんけつ）を起こしたり、六人にいっぺんに弄（もてあそ）ばれて、撮影後は陰部が倍に腫（は）れあがったり。

そうして今、由紀は本業が風俗嬢になっていた。いや、本人としてはあくまでも本業はアイドルで、女優もやっているし生活費のために風俗バイトもしているという感覚だが、収入は圧倒的に風俗業が占（し）めている。

というよりアイドル活動は持ち出しで、せいぜい月に数千円にしかならない。物好きなのがチェキのツーショットにいくらか金を払ってくれるだけで、そういう彼らもできるだけ安い金で一発やれたらいいなとしか思ってない。

もちろん、そんな地下アイドルとファンばかりではない。本当に可愛い子たち、歌やパフォーマンスに集客力のある子たちは、大金をつぎ込んでくれて見返りを求めないファンもつくし、有力なスポンサー的な男に見出され、良い生活をさせてもらえる子たちもいる。

大手の事務所にスカウトされて地下から地上に駆けあがり、メジャーなアイドルになる子たちもいたし、風俗専業になる子、ＯＬになる子、適当な相手と結婚して辞める子、行方不明になる子、心を病んで田舎に連れ戻される子、いろいろだ。

由紀は客観的に見れば、三十にもなって地下アイドル活動に必死で安い風俗やって彼氏もいなくて、という女だ。あまり、うらやましがられる身の上ではない。けれど由紀本人は、けっこう充実していた。今、ＳＭデリヘルでそこそこ指名があるからだ。

普通の風俗店でもライトなＳＭオプションはあるが、専門店を利用する客は女を若さや容姿ではなく、技術と話術で選ぶ傾向にある。

「やだぁ、いきなりフル勃起、恥ずかしくないのぉ。大人なのにがまんできないんですねぇ、匂いだけでも嗅がせてあげようかー」

わざと胸元から乳首をはみ出させ、乳首に手を伸ばしてきたら鞭を振るう。

「生理が終わったばっかりで、私あそこは臭いよ。あ、臭いのが好きなんだっけ。やだやだ、じゃあお尻の穴も嗅がせてあげる」

由紀は言葉なぶりもソフトで、命令や罵倒はしない。ぴったりしたボンテージの股間から、わざと大陰唇もはみ出させて見せつけてやるサービスも欠かさない。

店側も所属する女の若さを一番の売り物にはしないが、それでもみんな年齢はごまかす。

由紀はアイドルのときの萌野夢乃ではなく、AV女優のときに一番よく使っていた花咲優菜でもなく、店の人に付けられたレイラという名前で登録していた。

女王様とのプレイを望む客は当然M男だから、絶対に偉そうな態度や乱暴な言動はない。はいつくばって女王様と呼び、ひざまずいて足の指をなめ、

「お美しいレイラ女王様、この卑しい豚男めに聖水を恵んでくださいませ」

と、由紀におしっこをかけられて身悶えする。低温のろうそくを陰嚢に垂らされて悶絶するM男の腿をヒールで踏みつけ、顔につばもたらしてやる。

そのとき由紀も、乳首を固くして股間を充血させている。M男のいやらしく勃

起したものを、店には内緒で入れさせてやるときもある。立場を逆転させ、由紀が犬の格好で後ろから貫かれ、吠えさせられる。

M男の乳首を乱暴にねじりながら、ちくしょう、口汚くうめく。ドラマに主演させるだのラジオにレギュラー持たせるだの、口先で丸め込んで無料の風俗嬢扱いした、芸能界の末端の底辺の男たち。

一緒に夢を追いかけようなんて、臭いけど甘い言葉でささやいてヒモになって、暴力をふるうわ浮気するわ金を盗むわ、くそみたいな自称俳優や圏外の売れないホスト。

オバサン呼ばわり、ブス呼ばわりして、自分も不細工な客たち。もっと腹の立つ男はいる。

だからM男を攻めているときは、過去の憎い男たちみんなに復讐している気になれる。

全裸の肥った男を仰向けにし、大きく股を開かせ、ローション塗りたくった巨大なディルドを肛門にねじ込んでやったら、そいつのものがディルドに負けないほど膨らんだ。

「女王様ー、お願いです、ちんぽを女王様に入れさせてくださいーっ」

そうして由紀は三十の誕生日を過ぎた頃から、ちょっとアイドル活動は休止している。

アイドル萌野夢乃とは別のアカウントで作った、ツイッターに夢中になっていったのだ。

そこでは由紀は、港区のタワーマンションでセレブライフを満喫する謎の美女となっていた。そちらのアカウントでは、魅理亜と名乗った。

いわゆるキラキラ女子、キラキラアカウントと呼ばれるジャンルだ。芸能人でも有名人でもないのに、とてつもなくゴージャスな生活をしている美女。何をしている人なのか今一つ謎なのに、夜ごときらびやかなパーティーを繰り広げ、本物の有名人や芸能人とも友達付き合いをしている。

ＳＮＳの世界には、かなりそういう人たちがいた。最初、萌野夢乃の活動でストレスを感じていた由紀は、息抜きと退屈しのぎで始めたのだが、いつの間にか魅理亜の方がネット上では有名になっていき、フォロワー数も五千人を超えた。

萌野夢乃のほうのフォロワーは、三ケタに届かない。完全に逆転してしまったが、夢乃のほうもやめられなかった。こちらの方が実在しているからだ。

魅理亜はまったくの、架空の人物だ。はっきり書かないが、というより書けないのだが、国立大学を出てヨーロッパに留学経験あり、外資系の商社に勤務し、実家は都内で父は会社経営、彼氏は年収一億以上の有名人、というのをほのめかし続けている。

具体的に書くとばれるので、ほのめかすだけ。そしてキラキラアカウントの作為がばれて恥をかく、炎上する、笑い者としてさらされる人たちの轍を踏まないよう、細心のとまではいかないが注意は払っていた。

よくあるのは、芸能人やセレブの豪邸、自家用車、クローゼット、持ち物などを彼らのSNSから無断転用し、私のものですとやってしまうことだ。このクローゼットはあの女優のだ、この車はあのモデルのだと即座にばれてしまう。一つばれるとあら探しがゲームのようになり、これも盗用、これはフリー素材じゃないかと、閉鎖に追いこむまで追跡を止めてもらえなくなる。

地下アイドル仲間で、心を病んだり犯罪者にまでなってしまったのがいた。アンリという子は、よりによってマライア・キャリーのクローゼットを自分のだと載せ、誰もが知る高級旅館の露天風呂を自宅の風呂だと紹介した。

マライアのクローゼットも高級旅館の露天風呂も、ともに世界中で途方もない閲覧数がある、誰でも見られる公式HPから引っ張ってくるという雑さで、炎上し笑いものになり、アンリの嘘というまとめサイトまで作られた。

リサという子はどういうコネを使ったか、キー局の人気番組にタレントとしてではなく、一般参加という形ではあったが出演し、有名ブランドの人気デザイナーで東京タワーが見降ろせるタワーマンションに住んでいると自称した。

ところが放映後にそのブランドの会社から、当社に該当するデザイナーはいないと抗議が入り、HPにお詫びが出た。たちまちリサのSNSは探し当てられ、量販店で売っているガスレンジ台や百円ショップの食器が写りこむ安アパートの画像がさらされた。

カナエという子は拾い画像や盗用ではなく、本当に自分の撮影で高級ブランド品を私物として載せていたが、ほとんどが偽ブランド品だと目利きに見抜かれていった。

バッグの縫い目が粗い、どう見てもその靴は合皮、そのアクセサリーのシリーズはピアスだけでイヤリングは発売してない、等々。

結果、アンリは本当にゴージャス生活をしているところを見せたいと万引きに走り、自称アイドルが逮捕などと哀しすぎ、みじめすぎるニュースになった。

リサはすっかり心を病んでしまい、リストカットが止まらなくなって親元に引き取られ、今は何をしているのかまったくわからなくなった。

　カナエは開き直ったが、本格的に偽ブランドの犯罪に手を染めた。偽ブランド品を本物と偽ってネットで売り、逮捕された。

　カナエがしょっちゅうかぶっていた、ツバ広の女優がかぶるようなオシャレな帽子でパトカーに乗せられ、うつむきながら警察署に連れて行かれるニュース映像は今も人気動画の一つになっていて、それが代表作だなどと揶揄されている。

　三人ともちょっと前までは援交、今はパパ活と呼ばれることや風俗をしていたが、そちらでも人気は出なかった。由紀と一緒で、アイドルの自負と自己愛が強すぎるのだ。

　だから由紀は、絶対に広く出回っている画像を流用、盗用はしなかった。

　高級ホテルのロビーや化粧室は入るだけなら無料なので、そこで写真を撮り溜めるという基本の基本は抑えつつ、地下アイドル仲間とさかんにラインを交換した。

　たまに彼女らがアイドル活動ではなくパパ活に成功し、銀座の高級寿司店や海外の人気リゾート地に連れて行ってもらい、有名ブランド品のバッグなどを買ってもらったりすると、うらやましーもっと見せてと画像をねだる。

彼女らも、みんなに見られるSNS用ではない画像も送ってくれる。それをちょっと加工して自分のものとし、魅理亜のツイッターに載せるのだ。

萌野夢乃の方には絶対に載せないから、アイドル仲間も自分の画像を勝手に使われているのに気づかない。アイドル仲間には絶対、魅理亜のツイッターは教えない。

魅理亜のファンも、魅理亜がマイナーな地下アイドル活動をやっているとは知らないから、そちらのファンが萌野夢乃のツイッターなど見るわけがない。

もはや由紀は謎のキラキラ女子、魅理亜になるために上京してきてがんばっているという状態になっていた。それを支えるのは、レイラ女王様だ。

女装したオッサンの肛門にぐいぐい指を入れ、顔にまたがって窒息寸前まで追いこみ、言葉責めをし、チップ次第では女装様だけれどバイブも突っ込ませてやる。

「レイラ様――、バイブではなく、ちんちんを入れさせてくださいませ！　店に内緒でもう一万円を払いますー。うおー、きついきつい、レイラ女王様、痛いほど締まりますーっ」

地下アイドル、SM女王、キラキラ女子、この三人が由紀の別人格となってい

き、すっかり忘れ去られていたのは企画AV女優だったが。あるとき唐突(とうとつ)に、

「魅理亜は昔、花咲優菜って名前でAVに出ていた」

というツイートが大量に寄せられ、タイムラインに流れ、匿名の巨大掲示板でも祭りというのか炎上というのか、花咲優菜時代の動画に画像がばんばん貼りつけられていた。

その日のうちに、売れない地下アイドルだったことも掘りあてられ、アイドル仲間から画像を盗んでいたことまでさらされた。そして翌日には男も参戦してきたようで、レイラ女王様とも同一人物だと発見されていた。

あまりのことに、パソコンもスマホも電源を切って茫然(ぼうぜん)と部屋の中に座り込んでしまった。

しかし恐る恐る電源を入れ直してみれば、幸いなことに庭山由紀という本名と本当の素性は暴(あば)かれていなかった。

ただの夢見る庭山由紀に戻ろう。いったん、そう決意したのだが。やはり、あの故郷に戻って何者でもない女に戻るのは嫌だった。じゃあ、東京に居続けるためには誰になればいいんだ。……答えは、すぐ出た。

レイラ女王様は何か一皮むけて本物の女王様になったと、そんなSNSの炎上

を知らないオヤジどもが指名をしてくれるようになった。

アイドルにはなれなかったけど、女王様にはなれた。と、由紀は嬉々として鞭を振るう。

三人のマキコ

麻紀子

　自分のことは、普通の女の子と思ってる。アイドルになりたいだの、お金持ちと結婚してセレブなマダムになりたいだの、あんまり思ってないし。

　まあまあお嬢さんでそこそこ可愛(かわい)いから、今に見ていろ！　みたいなハングリー精神もないし、ツイッターやブログで盛ったリア充(じゅう)自慢なんてこともしない。

　お嬢様短大を出て地元じゃ知られた会社に入って、適当にちやほやされて遊んで、でもハメを外して将来の結婚に響くような真似はしない。

　たまに、私って本当は何をしたいのかな、と考えてみるときはある。考えてみるだけ。強く激しく何かになりたいとか、わからない。ないんじゃないかな、そもそも。

今の五つほど年上の彼とは、合コンで会った。実は高校の頃から、けっこう遊んでいたんだけど、セックスを、心から気持ちいいと思ったこともない。どの男も、前戯はそれなりに気持ちいい。でも挿入って、男へのサービスって感じ。舐めてくれたお礼に入れさせてあげる、みたいな。

今の彼は、初めて挿入の気持ちよさを教えてくれた。五つ上なだけでも、彼は大人。女のメンタルとかより、きちんと構造をわかっている。中でイクってのも初めて知ったし、彼のものを締めつけているときは、本当に彼を好きだと心まで痙攣した。

彼は、いろんなところにも連れていってくれる。芸能人も来るクラブとか会員制の高い店よりも、ハプニングバーとかSMショーとか、そういう刺激的で変な方がおもしろい。

昨夜は、ストリップ劇場に連れていってくれた。場末のエグい本番ショーを売り物にしているような寂れたとこじゃなく、人気のAV女優も出ている有名な大きなところだ。

それでも私は見る前まで、下品なヤジを飛ばす男の前で裸のお姉さんが適当にくねくねしながらあそこを見せてる、程度の想像しかしていなかった。だから、本当に感動した。

舞台に関しては私も素人だけど、脚本も演出も照明も本格的、とわかった。ぽっちゃり肉感的な踊り子もいたけど、アスリートみたいな鍛え上げられて腹筋の割れた踊り子が何人もいた。誰もがハードなレッスンをしてて、舞台に女を賭けているのがわかった。

観客ももちろんスケベ心で来ているはずなんだけど、下品なヤジを飛ばす人なんて皆無。隣の彼も一生懸命に拍手してて、私はきれい可愛いと繰り返しうっとりしていた。

無修正のAVなんかで見てたけど、生で女の人のあそこを見たのは初めて。当たり前だけど、みんな形が違う。ぴったり陰唇が閉じている人もいれば、小陰唇や陰核がすべて肥大してはみ出している人もいる。隣の彼に、ささやかれた。

「あの花魁（おいらん）になってる子のあそこが、麻紀子（まきこ）のに一番似ているな」

その夜は、ラブホのベッドでいつもより自分が濡れているのがわかった。自分のあそこに似ているといわれた、ひときわきれいだった花魁姿の踊り子を思いだす。自分のあそこを、あんなに大勢に直接のぞきこまれるってどんなだろう。

今は、彼だけが見ている。ちろちろ舌で陰核を舐められて、いつもはお行儀よく閉じた中に隠れている部分が、充血してはみ出ている。

「私もストリッパーになろうかな。芸名はＭＡＫＩがいいかな」

いったん終わった後、見よう見まねで足を広げてポーズを取ってみせる。

「よし、今からレッスンしよう」

何のレッスンと聞いても答えてくれず、とりあえず服着て出ようと促される。

でも彼は、カバンから何かを取りだした。今までもたまに大人の玩具は使っていたけど、そんなに好きじゃなかった。

今、彼が手にしているのは、見覚えのない親指くらいのローター。

下着をずらして、中に突っ込まれた。まだ濡れていたから、すぐに入った。コードレスのリモコンは、彼が持つ。ホテルを出るまでは、スイッチは入れられなかった。

路地に出た途端、スイッチが入る。振動があそこから全身に走って、立ち尽くす。

「たくさんの人がいる前で、踊らなきゃ。麻紀子、じゃない、ＭＡＫＩ！」

ローターを入れたまま、どんどん繁華街の真ん中に連れていかれる。彼はリモコンを持って離れていき、私は彼の指示で踊らされる。強く、弱く、激しく、優しく。私は服を着ているのに、素っ裸で大勢の前にさらされている気がした。恥ずかしさもあったけど、心にも体にも強烈な快感があった。私は喘ぎながら、踊った。

満喜子

三十も過ぎて、今さらなんでも親のせいにするつもりはないけれど、今から思えば子どもの頃いじめられっ子だったのは、やっぱり親が大きく関わっていると思う。

親は特定の変な新興宗教に入っていたわけじゃないけど、肉も魚も食べないどころか卵も牛乳も蜂蜜もダメ。幼稚園児の頃から私に給食を食べさせまいと野菜だけの弁当を持たせ、友達の家で菓子パンをもらったら、うちの子に毒を食べさせたとその家に怒鳴り込んだ。

そんな私の名前は、伊井満喜子(いいまきこ)。小学校低学年の頃、いいよー、いいなー、とはやしたてられていたのには、まだエッチな意味合いはなかった。

高学年あたりから、変な抑揚をつけてアハーンいいー、ウフーンいいー、とひわいな身悶(みもだ)えるしぐさも入れて、からかわれるようになった。

名前には満の字が入っていたから、「まんきこ」と呼ばれた。はっきり、性的なからかいになったのだ。もともと気は強かったので、意味を知らされても絶対に泣かなかった。

それでも親のいうことを聞くいい子を通し、中学から厳格な女子大付属に進んだ。さすがに幼稚ないじめをする子はいなかった。お嬢様の同級生は伊井をいいーとは変換しなかったし、ましてや「まん×」なんてどこの外国語ですかというような子ばかりだった。

　とはいえ私はここでも友達も彼氏もできなくて、学校と家の往復だけだった。それが苦にもならなかった。自慰すらしたことがなかった。結婚以外の男女の性的なことは、すべて汚い不道徳なことだと教え込まれていた。

　親は、卒業までに私の結婚を決めた。親同士の紹介で引き合わされた、同じような育ちの坊っちゃん。伊井ではなくなった私は、夫がすべてにおいて初めての男になった。

　さすがに私もその頃は、男女のことについてこっそり女性誌を立ち読みしたりネットで調べたりはしたけれど、直接的に他の男とは比べられないのだ。

　無修正動画でいろんな性器と結合の様子、女が激しく悶えて叫ぶ様子、男のとんでもない大きな性器や、夫が一度もしない女の性器を舐める行為、サーカスの曲芸みたいな体位も見たけど、すべて創作、演出だと思うしかなかった。

　夫も私が初めての女だったから、そして夫もネットなどで知識を得るしかなかったから、勉強はできてもベッドでは劣等生だった。

　知識としてはいろいろあっても、いざ本物の女を前にすれば萎縮する。本物の性器は臭いもあるし、女は機械じゃないから、こうすれば必ず濡れるとか、ここを押せば絶対に潮を吹くとか、あり得ないから。

私にとってベッドのことは、苦痛で義務でしかなかった。夫はあれこれAVを見たわりに活かすことはできず、前戯をいっさいしない。キスもしない。濡れてないのにただ突っ込んできて、正常位しかせずに腰を振りまくるだけ。出して終わればすぐ寝てしまう。

それでも私は家のことはすべてきちんと整え、夫に尽くした。なのに一年目に、夫から離婚を切り出された。好きな女ができたと土下座され、泣かれた。

遠い昔の、いじめられっ子の「いいよー」という声がよみがえった。また伊井に戻るんだ、私。死んでも泣かなかった。財産をすべてふんだくってやると騒ぐ親を見て、夫よりもうんざりした。ようやく私は、夫より親に抑圧されていたのを知った。

ちなみに夫の相手は、風俗嬢だった。夫は初めて友達に連れられて行った店で、ハマッたらしい。彼もまた、マグロな私とのセックスを味気ないと思い続けていたのだ。

私は実家には戻らず、元夫からの慰謝料で小ぢんまりしたマンションを買って一人暮らしを始めた。初めてカップラーメンや焼き肉、フライドチキンなんかも食べた。

出会い系サイトにハマり、片っ端から会ってセックスした。それこそAVを真似して変な体位を試し、屋外でやったり複数でやったりした。朝昼晩、違う男とやった。

けれど今一つ、心から美味しいとも、気持ちいいとも感じられなかった。

三十も後半になってから会った同い年の彼は、初めて私を解放してくれた。自然にいいーと声が出た。いじめっ子の声もよみがえったけど、みずから連呼した。

「君はこれが好きだね、ぼくも君のここが好きだよ」

彼は教えたわけじゃないのに、二人のときはまんきこちゃん、と呼ぶようになった。悪い思い出と結びついているのに、私は求めて悶える。君は本当はお肉が大好きだろ。

私は彼の、肉の棒をしゃぶる。美味しい。本当に美味しいお肉。私はお肉が大好き。

真輝子

真っ黒けで金髪の私を見れば信じられないかもしれないけど、うちの親は真面目だった。私の年代だともう派手なキラキラネームが普通になってたんだけど、真輝子なんてスタンダードな名前をつけられたくらいだ。

ただ、真面目な親は自分たちが商売の失敗や病気で離婚することになるとは予想できなかったようだ。離婚して母に引き取られた私は、母の旧姓になったので原真輝子になった。

原もよくある姓だし、原真輝子なんて字面もごく普通なのに、発音すれば「はらまきこ」で「腹巻子」なんて変換されてしまう。

マッキーと名乗り始めたのは、名前をいじられるのが嫌だったから。

高校を二年でやめて家出して、男の部屋を転々としながら風俗やキャバをやってたときも、ずっとマッキーで通した。ＡＶ女優にスカウトされたときも、自分から芸名はマッキーでお願いしますといった。

ＡＶは今も昔も黒髪で色白で、嘘でも清純っぽい子が人気のど真ん中だけど、私のような昔ながらのガングロパツキンギャルも、一定数のファンはつかんでいた。

　男経験はちゃんと記録は取ってないけど、仕事も合わせて千人はいくだろう。当然、すごい男好きセックス好きと思われるけど、正直いって男もセックスもそんな好きじゃない。向こうから来ると断るの悪いし面倒だし、金になるならまぁいっか、て感じ。

　だからこそ、ビジネスライクに冷静に金に換えられるし、もしかしたら次こそすっごいいい男に失神するほどのセックスを味わわせてもらえるかな、と期待もできる。

　一応、スカトロや拷問系はNGにしてあるけど、かなりハードな輪姦ものやキモい汁男優にレイプ、なんて企画ものも受け入れた。

　考えてみれば、仕事となれば責任感を持ってやるあたり、私も根は真面目なんじゃないのかな。

　芸能界なんか、夢見たことはない。身のほどはわきまえている。悪い男にだまされてAVに売られたなんて、そういうふうに可哀想な被害者になるのもうんざり。

じゃあ大金が欲しいのか、すごく強い刺激を求めているのかと聞かれると、これもよくわからない。自分でも自分がよくわからないままに、仕事でセックスをこなす日々だ。

今日も午前中は、童貞設定のイケメン男優を監禁し、痴女としていじり倒すなんて撮影を終え、午後はキモい汁男優五人に輪姦されて悶えまくるという役をこなした。

イケメンもキモメンも、アレとナニには変わりない。どちらも事前にシャワー浴びて性病検査もきちんとしてるから、顔は関係なく清潔なのだ。

さすがに疲れたけど、夜は事務所に寄った。新しい宣材写真を撮るとかで。そこでマネージャーから小包を手渡された。ファンからの贈り物は事務所宛てに届く。

バイブやエロ下着、わりとまともなアクセサリーや小物、あとは自分のナニの写真や精液を溜めた瓶など。だけど、今回のそれは初めてのものだった。

私のヌードが、A４サイズのパネルに描かれていた。画像を加工したのじゃなく、本当にその人がオリジナルで私をモデルに手で描いたものだ。

大股開きであそこをむき出しにしているけど、卑猥（ひわい）じゃない。といってアートすぎもせず、キレイでエロかった。それを持ち帰って、思わず自慰をしてしまった。

私は裏には出てないけど、私のあそこを正確に緻密に描写してあった。右側の小陰唇だけはみ出してるとことか、肛門との間にほくろがあるのもばっちり。

私ってこんなにきれいなんだ。私ってこんなにいい体してるんだ。この体をもっと大事にしなきゃ。でもこの体にもっと悦（よろこ）びも与えたい。

ちなみに、差出人の住所と名前はなかった。パソコンで打ち出した事務所の宛先が貼りつけられているだけ。これを描いた人に会ってみたいと思ったけど、マッキー、AV、絵、ヌード、こんなキーワードでは何も引っかからない。

ふと思いついて原真輝子と打ち込んでみたら、ある無名のイラストレーターのブログが出てきて、そこに上げている絵が私の絵と同じだった。

本名も隠しているし顔写真もないけど、知り合いの誰かなんだろうな、一度はやったことある男なんだろうな。でも、あえて連絡はしない。この絵で自慰する方がいい。

やっとわかった。私が欲しいのは清純な私。無理なものには、夢と名付けてもいいいか。

夢が欲しいの、私。自分の指で達すると、絵の中の私のあそこも充血して見えた。

三人の主婦

――女子大生の年齢ではあるけれど、すでに子どもを産んでいる綾花はしっかりと母親の体をしていた。いや、たるんでいるだの、ゆるんでいるだのではない。熟した女の体をしているのだ。足なんかほっそりと形がよくて全体的に細身で華奢なのに、なんともいえない柔らかさと丸みがあった。あまりにも尻の形がいいので、顔も可愛いけど、つい後ろからやりたくなる。

うつぶせにして背後から尻をつかみ、広げる。女は出産と同時に肛門が荒れてゆるみがちになるものだが、さすが若いだけあって、綾花のはつぼみのようにきっちり締まって桃色で、それに続く前の肉の花びらも鮮やかな色を保っている。

亀頭でその部分を撫でてやると、恥ずかしがって尻を閉じるのではなく膝を立て、もっともっと突き出してきた。肉の芽が割れ目からはみ出していて、濡れ光っている。

「ねぇ、じらすのもじらされるのも、好きなんだけど」

膝が、震えている。綾花は枕に突っ伏して、声を絞り出す。

「早く、入れてほしい、の。子ども、もう保育園から、帰ってきちゃうっ」

ひととおり片づいてはいるけれど、子どものオモチャや茶碗が積み重なる、生活感あふれる団地の一室。今、自分は何をやってんだろうと一点醒(さ)めた部分で思いつつ、一気に綾花の中に突っ込む。泣くような声を上げ、綾花は枕で声を押し殺す。

激しく突き上げた後、引き抜いて綾花を仰向(あおむ)けにし、乳房の間に放出する。去年まで乳を飲ませていた乳首は確かに黒ずんでいるが、乳房は仰向けにしても盛り上がっている。

大きく卑猥なその乳房を上下させて喘ぎながら、若すぎる母親の綾花はあまりにも興奮したのか、固くなった乳首にうっすら母乳を浮かべていた。

――見た目は金髪でギャル風の化粧をしているが、美恵子はベッドではとことん受け身で従順どころか、Mっ気にあふれていた。

かなり散らかった部屋には、子どものぬいぐるみや服に交じってバイブやローターが転がっていて、男を引っ張り込むのも主婦売春も説教する気はないけど、ちょっとは掃除をして子どもの教育も考えろといいそうになった。

服を着ている状態ですぐ、手錠やバイブを持ちだしてきた。ぼくはサービス精神もあるので、いうとおりにしてやる。よくいうように、SMではSの方が気を遣うのだ。

シャツを脱がさず前をはだけてブラジャーごとたくしあげ、スカートもはかせたまま下着をずり下げ、手を頭の上にやって手錠をかける。

いきなり、かなり大きめのバイブのスイッチを最強にしてこじ入れてやる。まだあまり濡れてないから痛いかと一応は心配もしてやったのに、あっという間に漏らしたかというほどの汁をしたたらせてきて、バイブはすっぽりと飲みこまれた。

見た目に反して、美恵子の喘ぎ声はあはんあはんうふんうふん、ロリ声でものすごく可愛らしい。声だけ聞いていれば、すごく若い子とやっているみたいだ。実際の美恵子は三十半ばだ。乳も腹も尻も垂れ加減だ。とはいえ、それがなんともいえない生々しさと濃い牝を感じさせる。

これもあらかじめ用意してあった目隠しをして、もっと大きめのバイブを突っ込んで悶絶させた後、自分の陰茎を入れる。中が火傷しそうに熱い。バイブに比べれば小さいかなと引け目も感じたが、こちらの心を読んだかのように美恵子は叫んだ。

「やっぱり、本物がいいっ」

――四十路だし、きつい顔だちで男なみの体格を持つ信恵は、普通にしていればそんな男が寄ってくる女ではない。

十代の頃から風俗一筋だったという、なんともいえない淫靡な暗い色気があった。なれの果て、といえば貶（おとし）めているようだが、一種の風格すら漂っていた。頬をへこませて一心不乱に陰茎をしゃぶり、キスするときは少し恥じらってみせ、放出した後の陰茎を本当においしそうにていねいに舐（な）めとってくれる。

年相応の体だが、中は荒れていなかった。ローションなど使わなくても、自然に汁気はあふれてくるし、中の痙攣（けいれん）は演技ではできないものだった。

部屋も、三人の女の中では一番きれいにしていた。低所得者用の団地だから、豪華な内装や家具などはないが、チェックイン前の旅館を思わせる片づけ方だった。それを誉めると、放出を終えて萎えたぼくの物をもてあそびながら、含み笑いをした。

「今の旦那、刑務所が長かったからね。私じゃなくて旦那が片づけちゃうの。刑務所って、毎日すごくきちんと整理整頓させられるんだよ。ちょっとでも物を置く位置が違うだけで、刑務官にやり直し、と怒られるの」

旦那はセックスの手順もキチンと決まっていると、信恵はぼくの手を腿（もも）の間に導く。ごつく見える信恵も、こうして裸で寄り添っていれば蕩（とろ）けるように柔らかな女の体だ。

「旦那は女経験豊富なふりしてるけど、ほとんどが風俗よ。変に古風なところもあるから、女に奉仕なんかできるかって、舐めてもくれないし、正常位だけよ。キスもしない」

そこまで夫を愚痴られて甘えられれば、ぼくがやらないわけにはいかない。陰唇とその間の粘膜だけでなく、肛門にも舌を這わせてやったら、信恵は本気で泣いた。

ぼくは新人とも中堅ともいえない、いろいろと中途半端なライターだ。間違っても、売れっ子や大御所ではない。実力もたいしたことがないのは自覚しているし、営業能力と会社員的な真面目さでこつこつ小さな仕事を途切れさせずにもらっている。

最近ちょっと親しくなった準キー局のディレクターが、深夜に下世話なドキュメンタリー番組をやることになり、それに加われることになった。

ぼくはテレビには出ないけど、ある週刊誌とそれに連携したウェブサイトで、内容を三回ほどの連載にして書く。テレビも連載も通しのタイトルは「三人の主婦」。

深夜の歌舞伎町の飲み屋で、まずは軽い打ち合わせをした。

一見するとごく普通の会社員に見えるディレクターは、まずこんなふうに切り出した。

「都内の外れなんだけど、低所得の人が住む団地に、主婦たちの援助交際、ずばり主婦売春組織がいくつもある。最少人数は二人、最大級は二十人くらいで一組のグループになっている。今回、取材させてもらえることになったのは三人組」

十代でデキ婚したパツキンの元ヤンキー、ひたすら地味で大人しい歳より老けた小太り、派手な風俗か水商売崩れの整形年増、そんなのを想像した。

「なかなかうまくできてるんだよね。一人か二人が商売している間、手の空いている女が子どもを預かるし、旦那たちに対してのアリバイ工作もしてやる。その三人組に限らず、どこのグループもそうやって協力しあってる。若い美人の主婦だけが稼いで、デブスのオバサンがアブれないよう、客はみんなで回すようにする。

客が売れっ子に集中しても他のオバサンが変な嫉妬で旦那にチクったりしないよう、稼いだ金は平等に分配する。それで不満や陰口もなくなる。

なんといっても『共犯者』だから、秘密が保たれるんだ」

「共犯かぁ。素晴らしい連帯といってもいいんですかね」

思わず苦笑してしまう。おもしろいとは思うけど、個人的にはそそられない題材だ。

「女たちの連帯は嫉妬や、一人だけ得するのは許せない、といった辺りで強固になるんですね。三人が一番いい数なのかな。その辺りに焦点を当ててみたいです」

などと思いつきを口にして、その場はおさめた。とりあえず、ディレクターと一緒にその団地の奥さんたちの取材に立ち合うのも決まった。数日後、これも歌舞伎町にある個室を会議用に貸してくれる喫茶店にみんな集まった。

　主婦たちは三人そろって、顔は隠してもらっても地元で撮影は嫌だ、テレビ局の人に会っているのを知り合いに見られたら困る、などといったからだ。

　とりあえずその個室で三人一緒のところ、そして一人ずつのインタビューを撮ることになった。交通費とわずかな出演料で、三人はちゃんと応えてくれた。

　ぼくの予想は、かなり外れた。いや、ちょっぴりは当たっていたともいえる。十代でデキ婚した綾花は、地方の真面目な女子大生みたいな容姿と雰囲気だった。ちゃんと化粧して今どきのギャルな格好をすれば、キャバでも充分に務まるだろう。

　聞けば近所のバツイチのオヤジにだまされていたそうで、未婚のまま子を産んだ。今は同じく子連れでシングルになった同世代の男と、事実婚の状態だという。正式に籍を入れないのは、母子手当をもらうためだとか。

　パッと見は金髪で厚化粧でスレてて、いかにも主婦売春をしていそうな美恵子も、元は今どき見合い結婚するような真面目っ子だったが、子どもに手がかからなくなってパートに出たら、そこで悪い友達にそそのかされて賭博にハマってしまった。

好意的に見れば、巨乳の肉感的な体。興味ない男からすれば、年増の小デブ。

離婚してからはホストにもハマり、借金も増えた。風俗店にも勤めたが、合わなかった。今は一回りも若い東南アジア系の旦那と暮らしている。旦那の日本滞在のために戸籍を売買したようだが、それなりに旦那は好きでうまくいっているそうだ。

最年長の信恵は全体的にごつごつしたオバサンで、変なズレたセンスの服と濃い化粧からもプロ臭が漂うが、こういう女がタイプだという男は絶対いる。

十代の頃から風俗以外の仕事をしたことがない信恵は、すべて父親の違う子を三人抱えていて、末っ子の父である本職ではないがほとんどヤクザの旦那が、自分の妻に対しては保守的すぎるほどで、家に閉じ込めておきたいんだとか。

ちなみに旦那は信恵のやっていることを知っているが、綾花と美恵子だけに客を取らせ、妻は金の管理や客の手配をしているだけだと信じている。

この三人組の利害の一致、均衡の取り方はすぐにわかった。もちろん三人とも、今一緒にいる夫たちに売春のことをばらされるのは恐れている。

綾花は気が弱くて人に頼りたい気持ちが強いから、美恵子と信恵のいいなりになったり利用されたりするのを、守ってもらっている可愛がってもらっていると思いこんでいる。

一番稼げるのに序列では一番下にいることが、綾花にとっての安全策なのだ。儲けられるから、グループに居場所がある。しかし下にいるから、妬まれたり意地悪もされない。

下手に姉さんたちにズルをしたり逆らったりして、結婚しているも同然なのに母子手当てを不正にもらっていると、役場にチクられるのも怖いのだ。

美恵子は序列では真ん中に見せかけておいて、実は三人組を仕切って束ねているトップだ。綾花には相談役の姉さんのふりができるし、信恵をリーダーとして立てることで、何かトラブルがあればその怖い旦那にも頼れる。

二人と仲違いして、偽装結婚や戸籍売買をばらされたらシャレにならない。信恵は自分に最も客がつかないのを、グループ管理の方が大変で手間を取られるからだ、それにまとめ役は三人の中では私にしかできないと自負することで、女としての劣等感を綾花や美恵子に抱かずに済んでいる。

といって二人をあまりにこき使って搾取して、旦那に実は信恵さんもやってますと告白されたら怖いから、優しい頼れる姉さんのふりも怠らない。

テレビ用の取材と撮影はその日だけで終えられたが、ぼくは個人的にもう一度三人に会って話を聞きたくなった。雑誌とウェブでは、もう少し突っ込んだ話も書きたかった。

カメラや他のスタッフは要らないので、ぼくが彼女らの団地に出かけていって、話を聞くことにした。これならぼく一人の交通費と、ちょっとした手土産代だけで済む。

三人とも、軽く引き受けてくれた。ぼくがなんとか仕事が途切れないのも、実はちょっと見た目がいいからというのもある。イケメンといっても、まったくのお世辞や嘘やからかいにならない程度のルックスはあった。

そうしてぼくは三人から、それぞれに特別な接待を受けたのだ。三人みんな、お金は要らないと誘ってきた。三人はそれぞれ、同じことをいった。

「もちろんディレクターさんには内緒よ。これで脅したり、出演料のアップなんていわないわ。私たちだって、警察はさておき旦那や近所にばらされても困るし。あなたいい男だもん。たまには商売じゃなく、やってみたいわよ。それだけ。あ、あとの二人にも内緒ね。抜け駆けしたなんてことになったら、三人組がこわれちゃう」

　そんなこんなで無事にすべては終わり、放映もオンエアされてけっこう話題になり、ぼくの連載もなかなかの好評を得た。

　ディレクターがおごってくれるというので、例の歌舞伎町の飲み屋に行った。そこでつい飲みすぎ、気も緩んでいたので例の三人の主婦みんなとやってしまったことをしゃべってしまったら、ディレクターは、椅子から落ちる真似をした。

「で。三人のうち、金を払ってでももう一度やりたいってのは誰だ」

　ぼくは、それにすぐ答えることができなかった。どの女もタダだからやったような気もするし、どの女も今度は客になってもいいなとも思うのだ。

三本の女の指

芸能人の二世なんかじゃない。地道な地方公務員の家の子なんだけど、父方の伯父が小さなテレビ制作会社を経営していて、母方の従姉がラジオ局勤務、母の妹が芸能誌の編集者と、私は微妙に芸能界や業界とつながっていた。

特に派手好き遊び好きでもなかったはずだけど、就職試験にみんな失敗してしまったので、そういう業界の親戚の伝手でいろいろとバイトをしていた。ADやったり受付嬢やったり、無署名のライター、スタイリスト助手なんてのもやった。どれもまあまあ無難にはこなせるけど、どれも突き詰めようという根性のない私。三ヵ月ほど前からは、アダルト寄りの女の子ばかりが所属する芸能プロダクションでマネージャーなんかやっている。けっこう、このジャンルの業界では大手のところだ。

私はマネジメントよりも、実質的には付き人という感じ。女の子の身の周りの雑用をして、きつい仕事を嫌がったり泣いたりする子を慰め、なだめるなんて役割もある。

エロ現場に、脱がない若い女スタッフがいると彼女らもなんとなく安心するのだ。

最初のうちは、目の前で女優と男優が本当にセックスしているのを目の当たりにして、ものすごい異空間に突き落とされたような目まいを覚えていた。えっ、うそ、本当におチンチン入ってるわ、マジーっ、男優の汁、本当に飲むんだ。

何より驚いたのは、それまではなんとなく女優と男優と監督の三人だけで撮っているイメージがあったから、まさかあんな大勢のスタッフの中でやってたなんて、ということだ。

女優や男優の切り替えも、プロだなぁとあきれつつ感心させられた。さっきまで普通に私服でお弁当食べながら相手役の男優とも談笑してて、準備オッケーで脱いだら性器も尻の穴も丸出しにして衆人監視の中でからみ、本当に挿入している。

男優は本物の精液を飛ばし、女優もさんざん男優のものをしゃぶった後、休憩中や撮影が終われば、何食わぬ顔で煙草吸ったりコーヒー飲んだりしている。尻の穴まで舐(な)めあっていた相手役に事務的にお疲れ様ーなんて声かけて、さっさと後ろも見ずに別々にスタジオを出て帰っていく。

さっきまで他人のセックスを撮影していたスタッフも、一瞬で日常に戻っていくし。

セックスって考えてみれば、特別に選ばれた人だけがやってる特殊な行為じゃない。ほとんどすべての人が、日常の中でやっていることだ。人前でやって撮影されて商品として売られる、それは誰でもやれることではないけれど。

——今日は、取材の現場に初めて私一人が立ちあうことになった。先月うちに入ってきたばかりの新人で、大手AVメーカーと高額で専属契約を結んだ、いわゆる単体女優だ。

昔、有名なミスなんとかに選ばれたこともあり、かなり事務所も力を入れている。アダルト系の雑誌では、軒並み巻頭グラビアを飾っていた。

芸名は、石原(いしはら)ふみよ。平成生まれの彼女は、本名の方がキラキラして芸名っぽい。だけど本人が、この名前にしたいといってきた。今は普通の子までみんなキラキラな名前だから、こういう昭和的な名前の方がかえって印象的で目立つ、と。彼女を獲得したかった社長は、そうだそうだと従った。そんな彼女の担当がなぜ私かというと、所属前からふみよ本人がマネージャーは女の人がいい、といっていたのだ。

彼女が事務所に来たとき一度挨拶しただけだったのに、次にふみよは私のことを直々に指名してきた。きれいだし、マネージャーにはこの人がいいな、と。

自惚れではなく、私も現場に行くと所属タレントと間違われることはしょっちゅうだ。

他のマネージャーは男か男みたいなオバサンばかりというのを差し引いても、私がきれいだと選ばれたのは、相手が女でもうれしかった。

だから、ふみよの現場は楽しみでありつつ変に緊張もした。ちゃんと仕事をするのも話をするのも、今日が初めてなのだから。

さらに、私は昨夜ずっとふみよのAVを見ていた。つい自慰してしまったけど、本人を前にするとこちらが照れてしまう。この服の下は、ああなっているんだなあと、オヤジみたいないやらしい視線で見てしまうし。

ふみよは、同世代の女から見てもいやらしい裸をしていた。整いすぎてバービー人形みたいなんじゃなく、絶妙な生活感と手の届く感があった。

人工ではない天然ゆえに、柔らかそうにちょっと垂れた乳とか。全身は引きしまっているのに、ややゆるいウエストとか。透き通るような色白の肌に、やけに黒々とした毛とか。

わざとぎこちなさを装っている、陰茎をしゃぶる場面。舐められているときの甘いアアンアアンと、挿入された瞬間の切なげなアアンッの違い。わざとらしいウインクにも、目が合ったと胸がときめく。

ともあれ、インタビューだ。私は前の現場もあったので、申し訳ないけど迎えには行けず、現場で集合となった。とあるレストランの個室だ。

今回はモロにアダルト媒体ではなく、真面目(まじめ)な政治や経済や社会問題も扱っているメジャーな男性週刊誌だった。グラビアも、ヘアなしヌードどまり。

先に、ふみよは来ていた。テーブルには週刊誌の記者にライター、カメラマンも着いている。遅れてすみませんと恐縮しながら入っていくと、ふみよは意味ありげにウインクしてきた。ＡＶの中におんなじ表情があったと、どきっとする。

そしてインタビューは始まったのだが、ありがちな初体験だのＡＶに出るきっかけだの今後やりたい仕事だのを向こうは振ってくるのに、ふみよは妙な方に話を持っていった。

「私、ロリータアイドルとしてデビューしたこともあるんです。実はもう高校出てたんですが、中学生のふりして。あ、今は歳はごまかしてないですよ」

そのときの芸名も、ふみよはさらっと口にした。私はスマホをテーブルの下に隠すようにして取り出し、すばやく、こっそりと検索する。

確かに、ふみよだった。ガッツリではなくほどほどに、この後で整形したのだろう、やや目がはれぼったく頰(ほお)やあごも丸みが残っている。乳はあまり今と変わらない。なるほど、ロリ巨乳の中学生で売れる容姿だ。

しかし、当時のイメージビデオとやらもＡＶすれすれだった。毛を見せてない、男のモノを挿入してないというだけで、ほぼ全裸になっているし。バイブや電マこそ使ってないけど、乳首と陰部にだけ花びらつけたり、バナナを股間に挟んだりしている。

「そのとき変なファンはけっこういましたが、一番きつかったのが中年女でした。母親くらいの年齢ですよ。それが熱烈な私の追っかけになって、つきまとわれました」

帰ってからもっと詳しく検索しちゃおう。私は強く思ったが、それは黙っていた。

「そのオバサン、芸能人でもないのに強烈な整形女でしたよ。整形しすぎると、化粧した顔は美人でもスッピンだと何かこう、奇妙な顔になってしまうのね。だから私も、しすぎないよう気をつけてる。って、これ書かないでくださいよ、てへ。

ていうかその人、とうとう私の住むマンションも突き止めたんですよ」

ここで全員、えーっと声を上げた。ふみよは、何かに取り憑かれたように話し続ける。

「集合ポストから、私宛ての郵便物を盗んだりしてました。監視カメラにも映ってたから、警察にも届けましたよ。でも、なかなか捕まらない。それでついに、事件が起きました。私宛てに、爆発物の入った小包が送られてきたんですね。それを彼女が盗んで、開けちゃったんです」

思わず私は、小さく悲鳴を上げてしまった。

「彼女、指を三本も失くしました」

エーッ、マジですか。全員が、ざわめく。妙に淡々としているふみよが、その爆発物を送ってきた人よりも怖い人に見えてきた。

「本当なら、私が失くすはずだったんですよ。指三本。彼女が身代わりになった。警察も来たし、私も事情聴取されて、めちゃくちゃ落ち込みました。狙われていたのも怖いし、私が指を吹っ飛ばされていた可能性が高かったのも怖いし、いろいろ面倒や迷惑はかけられていても、彼女がそんな大怪我を負ったら可哀想でならなかった。私のせいだ、ともいえるしね」

これはちょっと使えないよ、記者やライターが目配せして困惑しているのがわかる。といって私も、どうフォローすればいいのかもわからない。

「爆発物の犯人は、わかったんですよ。私、小劇団にも入ってたんですが。ある舞台で共演して熱烈な濡れ場を演じた俳優さんの、熱狂的なファンのしわざだったの。

あ、ごめんなさい。今も裁判や賠償なんかが完全に終わってないから、書かないでね。私はそれ以来、変なトラウマから逆に女の人が好きになって……というのも」

ふと、その中年女は書いてほしいのかもしれない、と感じた。ふみよと関われるならば、もっと痛い目に遭ってもいいのかもしれない。ちらりとそんな気がした。

「こっそり引っ越してからは、つきまといの彼女も見かけなくなったけど」

ふいに、ふみよに見つめられた。その目に私は思わず、口を滑らせてしまった。

「彼女は、ふみよさんの代わりに死にたいのかも」

またしても、みんながうわーっと声を上げる、ふみよだけが、うなずいた。

「それほどまでに、私と一体化したいんですよ。死ねば私になれると思っているのかも。私の代わりに大ケガをして、むしろ喜んでいるんじゃないかな」

「あのあのあの、すごすぎる話ですが。そろそろ、話題を変えたいのですが」

記者にあわててさえぎられると、ふみよはにっこりした。

「じゃ、最後にこれだけ。石原ふみよ、ってのはその彼女の名前なんです」

もー、勘弁してよという言葉を飲み込んだとき、ふみよは記者に向き直った。

「はい、怖い話はもうおしまい。ここからはエッチな話、いっぱいしちゃいますよ。なんでも聞いてー、うふふっ。性感帯は足の親指でー」

そのインタビューを終えた後、ふみよにご飯一緒に食べましょうよと誘われた。断る理由はなかった。私は職も転々としていたけど、男も今は途切れていた。泥沼の別れではなく、だいたいみんな自然と疎遠になってフェードアウトだ。

といった話を、普段あまり行かない新宿の居酒屋でさせられた。ふみよによる、私へのインタビューみたいだった。ふみよは、今日の雑誌記者より熱心に私のことを聞いてきた。特に隠すこともないから、聞かれたことはみんなしゃべった。

「へー、マネージャーさん最後にセックスしたのは半年前なの。まだ若いのによくがまんできるねぇ。私は最後にしたのは、今朝だわ」

「いやー、正直、オナニーの方がいいやって感じですよ、へへっ」

「どんなオナニーするの。道具は使う派？　私はぬくもりが好きだから、指派。小学生の頃は、好奇心でサインペンとか入れてみてたけど」

といった、ガールズトークにしては濃すぎる話をしながら、けっこう飲んでしまった。

そうして気がつくと、最近ついに引っ越したというふみよのマンションに一緒に入っていた。若い女の部屋にしては、やや殺風景な生活感のない部屋だった。直に床に座って並んで、冷蔵庫から出してきてくれたチューハイなんか飲んでいるうちに、ふみよの最新作を見ようなんてことになり、ふみよがＤＶＤをセットした。

画面いっぱいに、モザイクをかけていても挿入もばっちりわかり、陰唇の色や形もわかるふみよが映し出される。自分がふみよの熱烈なファンの男だったら、こんな極楽はないなぁとつぶやいた。するとふみよは、ささやいた。もっと極楽してみる？

ふみよは、ワンピースをするっと脱ぎ捨てた。えっと驚く間もなく、下着もはぎとるように脱いでしまった。隣に、画面の中のＡＶ女優がいる。こちらに向けて股を開くと、モザイクのかかってない陰部が丸出しになった。

ふみよが脱いでいるのに、私が服を着たままでいるのはなんだか申し訳ない気がしてきた。私も思いきって、脱ぐ。プロの女優に比べられたら恥ずかしい、平凡な体。でもふみよは、なんていやらしい裸かしら、と演技ではない上ずった声をもらした。


「ね、指を入れて。そう、一本じゃない。三本よ」


女とこんなことするのも、女のあそこに指を入れるのも、初めてだった。私は横たわるふみよに寄り添い、右手の人差し指、中指、薬指を挿入してみた。

濡れているから、ぬるっと付け根まで簡単に入った。きゅっと締め付けられる。それにしても熱い。女の中って熱い。確かに、ここにチンチン入れたら気持ちいいよねと、男の気持ちがわかった。

ふみよも指を三本、私の中に入れてきた。

ちょっと痛い。でも、その痛さが気持ちいい。女の指って、やっぱり優しい。

アアンッ、ふみよみたいな声を上げる。指を三本失くしたオバサンともこんなことしてたのかな、その指が失くなったから私を代わりにしているのかな。

なんて怖いことも思ったけど、もう片方の手でふみよの柔らかすぎる乳を揉む。

私の指は三本とも、ふみよに飲みこまれたまま。まるで、指を失くしてしまったみたいに見える。

小さな死のように

ヌードモデル

「君は、後ろ姿がいい。もちろん、前から見てもいい女だけど。背中とお尻に、なんともいえない色気がある。いや、淫猥な匂いがある。誘ってる誘ってる。後ろ姿が、男を。例外なくそういう女は、悪いね」

……麻衣子に最初にそう言ったのは、カメラマンだったのか。それとも、僕か。たぶん、カメラマンだ。僕はそう思っても、口には出さない。

いずれにしても俗物で子供っぽくて、それなのに、いや、だからこそ才気すら写り込むいい写真が撮れる、通称パチパチ先生。撮影の間中、被写体となった女に向けて、

「さあパチパチしよう。パチパチ。あそこもパチパチパチさせてごらん」

と饒舌に繰り返すから、ついたあだ名。連載ページにも、その名は毎回出てくる。先生も結構気に入っているのだ。僕はカメラ、写真に関してはまったくの素人だが、カメラはあまりパチパチといわない。女のあそこもだ。

確かなのは、その後ろ姿を先に見たのはカメラマンではなく、僕だったということ。

そうして麻衣子だけは、撮影中パチパチ先生にあまりパチパチと繰り返されなかった。

「後ろ姿がいいねぇ。背後から突っ込みたくなるよ」

それだけを繰り返されていた。麻衣子は何度言われても答えず、どこか面倒くさそうに、それでいて誘うような笑みを浮かべるだけだった。

昨夜、薄暗い蛍光灯の下で隅々まで弄った体が、今は残酷なほど明るい照明の下に曝け出されている。僕は初めて見る体として、スタジオの隅から見つめた。

「先生、今日はあまりパチパチ言いませんね」

「義務じゃないからな。言いたいときに言う」

軽口を叩いたのは僕ではなく、このヌードグラビアを掲載する週刊誌の編集者だ。冴えないオッサンとしかいいようのない男で、中身もそんなもんだ。出版社にはいるが、こんな本や雑誌を作りたいとか、こういう仕事をしたいとか、まるでない。経費で飲み食いして、ついでに通俗店にも行く。それだけを楽しみに生きている男。

とんでもなく嫌な奴ではないが、永遠にこれ以上の関係性は生まれないだろう。山本だったか山川だったか、名前もいつも忘れる。

「いやあ、俺の股間がぱちぱち言ってるよ」

不用意な冗談や茶々には、いきなり激怒したりする先生も、今日はご機嫌なようだ。

自意識過剰で王様俺様のパチパチ先生は、さすがにカメラの方の助手となれば選ぶだろうが、現場のスタッフならむしろこういった、山本だか山川だかのタイプの男を好む。決して、そこにいる女をめぐっての敵にならないからだ。

僕は少し違う。最初はパチパチ先生も僕を「ちょっといい男ぶってヤな野郎っぽい」と先入観を抱いていたのだが。ひたすら大人しく目立たなくして先生の癇に障らないようにしていたから、まずまずお気に入りとまではいかなくても、「まあ側にいていいよ」という存在にはしてもらえたのだった。

「ちゃんと誌面にはパチパチって書けよ」

メモを取る僕に、先生は振り返らず言った。僕ははい、といい返事をする。これは仕事だ。僕のためにに書くのではない。より写真を扇情的にするため、添えるだけのものだ。だから僕は、心を込めてわざと稚拙に書く。たとえば、こんなふうに。

『彼女の秘部は、足を広げなくても開ききっていた。ウワ、ヤラシイ。目のやり場に困ったよ。パチパチ先生の巧みなトークに、カメラのシャッター音に、見守る男たちの目に、あられもない姿で大股開きをしている自分の姿に、感じていたからだろうなぁ』

だが、ここから先は作らなければならない。こんなふうに、本当のことは書けない。

『彼女はスタッフの一人と前日、やりまくっていた。だから、あそこが開きっぱなしになっていたのだ。パチパチ先生は、まさか大人しいあいつがそんなつまみ食いをしていたとは夢にも思わない。夕べ、旦那が激しかったのかな、くらいに想像しているはずだ』

ありふれた住宅街にある、ひっそりとした簡素な貸しスタジオ。僕は束の間、繁華街の猥雑な裏通りにある、安っぽさが逆に落ち着かせてくれたラブホテルを思い出す。

麻衣子はいつも、同じ笑い方をした。そうして、同じ感じ方と濡れ方をした。

切れ長な眼差しで、しかも射るようにこちらを見上げる麻衣子。正面から抱き寄せるときは、少しためらいを持たされた。

脱いだときから乳首は尖っていて、陰毛の先まで濡れているのが見て取れたのに。

「して。早く」

「そんなに、明日の撮影に期待してるんだ。興奮、かな」

「違う。あなたとしたいな、って思った。それだけ。明日は平気よ。全然緊張しない」

強い眼差しとは裏腹に声は甘く、そしてやっぱり濡れきっていたのに。正面から抱き寄せると、目を見ないようにして押し倒した。僕の気持ちを読んだかのように、麻衣子はすぐに目を瞑り、僕の頭を抱えて乳房に押し付けた。少し硬さのある、形のいい乳房。

僕は十代の頃から女の子にあれこれするのが好きで、初体験の次あたりからもう、挿入前に後ろの穴まで舐めたりしていたが、麻衣子には違った。いきなりのしかかって、向こうは少しも嫌がっていないのに肩を押さえつけ、いきなり挿入した。麻衣子の眼差しが、そうさせた。

中はすでに溢れていて、何度か出し入れしただけで根元まで白くなった。いきなり麻衣子は達してしまい、痙攣と締め付けに、微かな恐怖すら感じた。まさか、そんなに僕に惚れていたというのはないだろう。会って間がないのだ。

それほどまでに男に飢えていた、というのもないはずだった。麻衣子は結婚しているというし、すごい、といった形容はつかないまでも、そこそこ美人なのだ。いや、このくらいの容貌が最も男受けするのではないか。

「すごい。感じやすいんだ」

腰を動かしながら耳元で囁くと、麻衣子は歯を食いしばるようにしてうなずいた。最初から、わかっていた。麻衣子は本当に感じているときは、声も息も押し殺して、喘ぎも少ない。真摯なほどに、僕の陰茎に自分の突起を擦り付けて、耳たぶまで赤くしている。

まだそれほど感じていない間は、男へのサービスと自分を盛り上げるためだろう、声が大きくなり、喘ぎが大げさになる。

変な形で夢が叶うんですね、と誰に言われたのか。もしかしたら、自分で言っておいて忘れているのかもしれない。僕は高校生の頃から漠然と、小説家になりたい、と思っていた。大学では出版社志望に変更したが、夢は叶ったといえば嘘になる。

小説家になるどころか、ちゃんと小説を最後まで書き上げることすらできなかったし、望むような大手出版社には、僕の大学名と成績では無理だったからだ。

卒業後は先輩の紹介で、編集プロダクションには入れてもらえた。負け惜しみに近いが、まるっきり夢をはずしてしまったのでもない。

僕はひたむきでも真面目でもなく、これをステップにとぎらぎら野心も持たず、いずれは小説家だといった望みもなかったが、淡々と、しかしあらゆる仕事を引き受けた。

芸能誌で、ちょっと憧れていたアイドルにインタビューもできたし、ある地方の情報誌で初めて連載というのかレギュラーをまかされ、地方でだけの有名人だが、なかなかおもしろい人達にも会えた。容貌だけが売り物の、女流作家のゴーストなどもやった。

ちなみに、憧れていたアイドルは終始ふてくされていて、インタビューの最中にもカレシにメールを打っていたし、地方の有名人シリーズの中で出会ったデザイナーの女の子には、取材後ストーカー行為をされ、ちょっと警察沙汰になったりもした。容貌だけが売り物の女流作家はTVタレントに転向して、小説を書かない小説家になってしまった。

あの仕事が回ってきたのも、そこで彼女に出会ったのも、よくあること、とりたてて事件や運命といったものではなかった。

部数はよく出ているが、クオリティが高いとは言い難い、男性週刊誌。グラビアに出てくる女はすべて、陰毛までさらしている。広告は、精力剤に大人の玩具にスケスケ襦袢一枚でコンパニオンが付いてくれる温泉にペニス増大手術のクリニック。

僕が引き受けたのは、『エロチックＯＬ』なるページだ。どこからどこまでを素人で、何をもってして普通というのかは今もってわからないが、ともあれ応募してきた「プロではない素人の普通のＯＬ」が、ヘアヌードになるという企画だ。その世界では著名なカメラマンが撮る。編集部の者を責任者とするが、現場を仕切るのは別の編プロの人間だ。

カメラマン先生が子供っぽい我儘で気まぐれで、担当者と必ず喧嘩になってしまうため、編プロの人間はしょっちゅう変わる。そこで、僕に回ってきたという訳だ。

応募してきた女を写真で選別し、撮影前に会って面接をし、契約書を書かせる。それほど難しくもないし気も重くない。騙しもしないし騙されもしない。とんでもないイッてしまった女もいないし、結婚を前提に交際したいような女もいない。誰でもセックスしているように、というのはちょっと違うが、そこいらの普通の女がふっとヌードになるのだ。

気がつけばもう、半年以上も続けていた。僕はカメラマン先生とは、まずまずうまくいっている。そもそも先生は、男は邪魔者か家来か敵しかないので、先生と喧嘩をしたりするのは、邪魔者になるか敵になるかした男だ。

僕は淡々と、家来を続けた。忠誠心があるからでも、先生に気に入られたいからでもない。先生に強い感情を持たないからだ。家来扱いされても、イライラの八つ当たりをされても、淡々とかわすことができた。

そうこうするうちに、先生に「あいつはいいね」と誉めていただけるようになったのだ。

ちなみに最も重要な仕事は、撮影の順番を決めることだ。一日の撮影で三人を撮るのだが、三番目に最も美人、副業でホステスもやってるんじゃないかというくらい愛想のいい話のうまい女、もしくは先生のファンといった、「一番いい女」をもってくる。

それはゆっくり撮りたいからではない。三番目を連れて、打ち上げと称する食事や飲みに連れて行くからだ。これは連載が始まった三年前から決まっているそうで、もちろん毎回先生がご機嫌になりはしない。美人でも愛想やノリのよくない女もいたし、先生のファンや話術の長けた女であっても、先生好みの容姿ではないという現実もあったからだ。

僕はその点も、気に入られた。僕が選ぶ女に、外れがなかったからだ。これもまた、深く考えず単に僕の好みの女を選んでいただけだから、幸運だったといえるだろう。

先生は意外に小心なところもあり、特に気に入った女がいても強引に口説いて、さらなるお持ち帰りをしたりはしない。愛妻家、というより恐妻家なのだ。

僕がちゃっかりと持ち帰った夜は、何度かあった。だいたい彼女達が裸になるのは、謝礼が一番の目当てではない。プロのカメラマンに撮って貰いたい、というのと、不特定多数の男たちの欲望の的になりたい。普通のＯＬの日常が垣間見えるヌードというのが売り物だが、彼女らは普通や日常をちょっと逸脱して、冒険をしたいのだ。

しかしカメラマンのパチパチ先生は、自身のテレビや雑誌への露出も割りと多く、敷居の高い感じがする。有名人、という近寄りがたさもある。また撮影の時も、気難しい。

そこで、僕だ。僕は彼女達から見れば、最初に接する「非日常の冒険」の入り口だ。さらに、採用してもらえるかもらえないかというのがかかっている。実は、応募者に面接をするという時点で、採用は決まっているも同然なのだが。

ともあれ、僕は面接の間に彼女らの話を聞いてやり、現場の説明をしてやる。そんなに口がうまいとか、ホストみたいな話術や雰囲気がある訳でもない。僕もまた、その辺にいる普通の男であり、そこが彼女らの警戒心を解くらしい。

そうして、撮影現場にも立ち会う。さすがに緊張している彼女達にとって、すでに会っていろいろな会話もし、ある意味ではすでに裸を見せているも同然の僕は、どこか身内めいた安心感を抱かせるらしい。

もちろん、すべての女が僕を気に入り、「もう一軒、行きませんか。それとも、うちに来ますか」と誘ってくれたりはしない。また、誘われても僕が断る場合もある。好みではないとか、付き合うと後々ヤバい感じがするとかだが。

今まで、七人の女と関係を持った。撮影の前にやったのが、一人。打ち上げの後が、六人。ほぼすべて、一晩限りだ。撮影前にやった一人とは、こっそり交際している。それが麻衣子だった。もちろん、三人目として選ばれた女でもあった。

先生も当然、麻衣子には興味を持ったが、麻衣子は先生の誘いは巧みにかわしていた。先生も僕と麻衣子がすでに出来ているとは、想像すらしなかった。

撮影の間中、麻衣子は僕を見なかった。先生の顔も、カメラをも、見ていなかった。最初は着衣のままの姿から撮っていくが、きちんと地味目なワンピースをまとってまっすぐ立っているときも、扇情的な黒いレースの下着姿になってソファに寝そべっているときも、すべて脱いでベッドに仰向け（あおむ）けになり、こちらに向けて足を開いているときも、別の何かを、別のどこかを見ていた。それにしても麻衣子の亀裂はよく開いて、中身までよく見える。

「結婚しているんだってねぇ。旦那とは仲良くしてるの。っていうか、これバレてもいいの。人気コーナーなんだよ。かなりの人が見るよ」

「いいんです。離婚前提で別居してるし」

先生とモデルの会話を、僕は少し離れたテーブルに着いて記録する。これも仕事だ。

別居しているのも知っていたが、淡々と記録だけしていく。これが活字になると、もっと色気のあるものになる。小説家の夢は、こんなふうに叶ってくる。

「へえー、こんないい女と別れる理由ってなんなのかな」

「……すごく弱いんです。性格も、あっちの方も」

そのときだけ麻衣子は、なぜか僕をちらりとだけ見た。広げた股間からは、乾いた陰毛と陰唇が覗いている。そこに見つめられている気がした。

食事の後、女をタクシーで送り届ける役目も負っている。先生はますます機嫌よく、明日は早くから個展の準備があるというので、助手とともに帰っていった。

麻衣子には、またモデルに使いたいなとお世辞半分、本気半分の言葉を残して。

麻衣子は撮影のときと同じ、どこか疲れて投げやりなのに艶っぽい微笑で応えた。

タクシーに乗った僕は、彼女の家ではなく自分の部屋までの住所を告げた。彼女は無言だった。僕は、すっかりその気でしなだれかかってきたりする女より、愛想のないくらいの女の方に欲情する性質だ。

「今日の私。寝室で見る私と、どこか違ってた？」

「少し」

「これとやったんだなぁ、とか興奮するの？　これとまた後でやれるなぁ、とか？」

エレベーターの中から、すでに吐息が熱かった。もう濡れているのか。彼女の股間を思い出した。生々しく。亀裂は真っ直ぐなのに、陰核が飛び出しているあそこを。

途端に僕にも、きた。下半身が沈み込むように、そこに血が集まってくる。

僕の部屋は三階だ。エレベーターはすぐに到着する。もどかしくドアを開け、すぐに彼女を突き飛ばすようにベッドに仰向けにさせた。

麻衣子は目をつぶって、すべてを投げ出す格好だったが。そのままベッドの下に手を伸ばして、放り投げられたバッグに手をかけ手繰り寄せた。裸になりながら、僕はそんな麻衣子を見下ろす。めくれあがったスカートから、確かに女の匂いが立ち上る。

麻衣子は器用に携帯電話だけ取り出して、枕元に置いた。それから目を開けて、まっすぐに僕を見上げた。強い眼差しだ。背筋に、なにかが来る。

「なんだよ。誰に連絡取るんだよ」

普段はすべてに穏やかな僕だが、不機嫌そうに睨み返した。すでに全裸になっていた僕は、麻衣子にかぶさる。半ば、勃起している。すぐに挿入できる。

「子供。明日ね、遠足なの。今はおばあちゃん、あたしの母親のところに預けてあるけど。すごく楽しみにしてるんだ」

それでも麻衣子は、母親の顔ではなかった。子供、と口にしながら身をくねらせているではないか。すでに完全に硬くなったものを、いやらしい手つきで握ってくるし。

さすがに携帯電話を投げ捨てたりはしなかったが、僕は枕の下に突っ込むと、忙しなく麻衣子を脱がせた。撮影用に着けてきた下着だ。乳房は小さめの方だが、形はとてもいい。整形を疑うほど、半球の形を保って張りがある。

下を脱がすと、乱暴に指を入れた。当たり前でしょうと言いたげに、絡み付いてくる粘膜と糸を引く粘液が、猥褻な音を立てた。

無言のまま体を離して麻衣子を抱き起こすと、四つん這いにさせた。麻衣子は不貞腐れているとも従順ともつかない表情で、枕を抱え込んで尻を高く上げた。腿に垂れている粘液を指先で掬い取るようにすると、後ろから陰部をかき回し、ただそれだけで貫いた。何の抵抗もなく、陰茎は奥まで飲み込まれた。

　麻衣子は震える声を少し上げただけで、枕を強く抱え込む。腰を抱え込み、力任せに抜き差しをした。麻衣子に対して怒っているのか、自分に苛立っているのか、パチパチ先生や山本だか山川だかに腹を立てているのか。わからないままに、何かを麻衣子にぶつけた。

たちまち、締まってくる。軽い痙攣が何かの音楽のリズムのように、僕に伝わってくる。どこか得体の知れない、つかみどころのない雰囲気の女だが、体だけは本当に正直だ。そして、後ろ姿は文句なく美しい。フィニッシュはこの背中で決めたい。

　突然、枕の下で携帯電話が鳴った。枕の下にあるのに、いやに大きな音でだ。麻衣子は喘ぎながらも、ちゃんと電話に出た。尻をうごめかしながら、話をしている。

「あ、後から、かけなおす。寝、てた、うん、寝てたから」

　僕も麻衣子に似た男だ。無我夢中になりながらも、いつも一点が醒めている。

腰を振って、真っ白な絹布を張ったようにぬめり輝く背中に見惚れながらも、電話の相手がまったく僕の知らない男だというのも聞き取っていた。別居中の夫ではない雰囲気だ。

「息子？」

一応は、そう聞いてみる。うん、と麻衣子はうなずいて再び携帯を枕の下に入れ、

「そんなことより。もっともっと」

尻を振った。麻衣子にかなり惚れていく自分がわかっている癖に、

「そいつに見せたいんだろ、ヌード写真」

耳たぶを噛みながら、囁いてやった。それが合図であったかのように、麻衣子は細い苦しげな声をあげると、達した。激しく締め付けられて、僕も呻いた。

終わった後、麻衣子はあそこをべとべとにしたまま、平然と仰向けになって息子に、そう、今度こそ本当に息子に電話をかけていた。そうして今度こそ、母親の顔になっていた。

「うんうん、たっくんの好きなケーキ、買って帰るからね。明日は楽しみだねぇ。うん、お弁当にはエビフライ入れてあげるよ。だからもうちょっと、おばあちゃ

んちでいいこにしててね。ママのお仕事？　うん、もう少ししたら終わるから」

「すごいなぁ。……僕とやってるときより」

そんな声を聞きながら、先にバスルームに行っていた僕は、バスタオルも巻かず全裸のままベッドに戻って、麻衣子の形のいい乳房を弾いた。乳首はまだ硬く尖っている。

「ヌードモデルやってるときより。本命の男に電話してるときより」

麻衣子は足を開いたまま、隠しもしない。股間も、心のうちもだ。

「子供に電話しているときが、一番悪い女の顔してる」

「悪い女だもん」

答えた麻衣子は、確かに悪い女の笑顔だった。

女流ポルノ作家

少しバカにされるのも大いに羨ましがられるのも、同じ。実力というより、運の良さだねと言われているようなものだもの。

「あれはやっぱり、実体験なんですか」

これは、お約束というやつ。インタビューに来る雑誌や新聞の人も、たまたま飲み屋で隣り合って私に気づいた男達にも、同じように聞かれる。

「ご想像にお任せしまぁす」。こんな、B級タレントでももうちょっとマシな答え方があるだろう、といった返事もしないし、「私は体験したことしか書きません」といった、イタいサービス精神も発揮しない。

「私は小説家ですよ。……ポルノ作家でもね」

ちょっとだけ困惑の表情を付け加え、それでも微笑んでこう答えておけばいいのだ。

小夜園子。ペンネームか本名か、曖昧な雰囲気の名前を持つ私。ペンネームと思う人と、本名と思う人と、半々。そう、名前も半々。つまり園子だけが本名。小夜、に深い意味はない。十代の頃に憧れた、モデルの名前から取った。今はそのモデルは引退しているから、小夜、といえば私になってしまっている。

女子大生の頃は読者モデルやコンパニオンのバイトをやっていて、卒業して地方局のリポーターを数年。その頃、パーティーで知り合った地元の大手企業の跡取りと結婚。夫だった男の女癖と酒癖の悪さを理由として、五年で離婚。高級クラブのホステスをしている時、客としてきた高名なおじいちゃん作家に勧められて小説らしきものを書いてみたら、さっそく彼が出版社を紹介してくれ、いきなり書き下ろしで文庫を出版する運びに。

……これが私の、サクセスストーリーというにはささやかだが、ある方面から見れば「幸運だけで人気作家になれた」という物語。

「中途半端に女を売り物にしてきて、今も中途半端に女を使って成功した」

だからこんな誹謗も嫉妬混じりの揶揄も、ある意味では勲章となる。

中途半端に美人。これは誰よりも、私自身が認めている。小夜園子自身が、売り物にしている。本物の美人なら、それこそ女優だのモデルだの、または人気ホステスや玉の輿に乗ってナントカ夫人と呼ばれる立場になるなど、美人だけで生きていける。

ちなみに私を世に出してくれたおじいちゃん作家は、私と三度静かに寝ただけで亡くなった。もちろん、彼との秘め事を仄めかす小説も書き、かなり話題になった。

どうにか勃起はできたけれど、挿入よりも私を舐めたり弄ったり眺めたりする方が好きだった。定宿にしているホテルのスイートの窓際で椅子にかけさせられ、私は夜明けまで自慰をさせられた。肘掛けに足を乗せて、延々とあそこを弄った。

私は足を閉じないと、達することはできない。おじいちゃんが寝入ってから、私は足を閉じて本当の自慰をした。

——月刊誌、週刊誌、スポーツ新聞、合わせて一ダースを超える連載。コメンテーターとして出るテレビが二つ。ちょっとしたコメントやエッセイ、インタビューは数え切れない。書店に行けば、必ず私の顔写真が出ている雑誌がいくつか並んでいる。

だから小夜園子として得をしたことは、と聞かれれば、これは素直に答えられる。

「お陰様で儲けさせてもらってます。でも父が会社潰して て、その借金返済で右から左ですね。あと、母が病気がちなんで。その治療費にも大いに当てさせてもらってます」

嘘ではない。考えてみれば、こんなふうになったのは親の影響が大だ。

「ひたすら大人しく男に仕え、派手ななりをせず、家庭を第一にする女となれ」

これが戦後生まれとは思えない、厳格だった父の教え。

「女も手に職が必要。一人でも生きていける手段がなきゃ、お母さんみたいになるわ」

これが、父としては理想的だった母の愚痴。

在学中からモデルやコンパニオンといった派手な仕事をやり、厚化粧していたのは父への反発。卒業後リポーターになったのは、母の夢をかなえるため。いいとこの坊ちゃんと結婚したのは、父へ謝罪と安心感を与えたかったから。とっとと離婚を決めたのは、母がどこかでそれを期待しているのがわかったから。

今は二人とも、黙って見守ってくれている。突き放してしまった、ともいえるか。いずれにしても、父としては借金を返してくれる私に、あまり強い意見はいえなくなった。

「ママは今の園子ちゃんが、うらやましい。好きな仕事をして注目されて」

今も病床にいる母は、私が南の島で男の子を買ったという話を書いた小説やエッセイまで嬉しそうに読んで、セミヌードになったグラビアのある週刊誌も看護師達に嬉々として見せて自慢している。なんか可哀想なママ。ママに女の悦びなんか、あったのか。

「じゃあ、損をしたことは」

と、聞かれたら。これもシンプルに答えられる。

「ろくでもない男ばかり、寄ってくるようになったこと」

女流ポルノ作家。こんな肩書きがついた頃から、近づいてくる男は二種類になった。

「もちろん小説もファンなんですけど。園子さんのファンといった方が正しいです」

一応は小説も読み、「ひょっとしたら寝てくれるかも」と期待しつつも、純然たるファンでいることに喜びを見出してくれる男。これは、仕事として来る男の中にも、プライベートな空間で知り合う男の中にもいた。もちろん、純粋に仕事だけの男も多い。

「もっと静かなところでお話をしませんか」

もう一種はずばり、作家ではなくちょっと変わった風俗嬢と思い込んでくる男。これも、仕事がらみの男にも、それ以外で知り合う男の中にもいた。冗談ではなく、それだけを目的に近づいてくる出版社やテレビ局の男もいた。

先日、私はちょっとだけ痛い目にあった。後者の方の男にだ。

実は先週、ちょっとした失恋をしていた。相手は何度かコメンテーターとして出た番組のアシスタントディレクターで、通称コウちゃん。五つほど年下だった。

最初は弟みたいで、愛くるしくどこか頼りない彼には、こちらから積極的になった。

「彼女いるんだー。でも、最近あまりうまくいってないって？　その話、聞かせてよ。やだぁ、取材よ取材。うちに来ない？　お酒もあるよー」

そんなふうにして誘って、まるで私がオヤジで彼が女の子みたいに、酔わせてヤッちゃった、のだった。私が男なら、準強姦罪が適用されただろう。

正直、コウちゃんはヘタだった。若い癖に飲みすぎたためか私を相手に緊張しすぎたためか、なかなか硬くならなかった。顎が外れるほどくわえて舐めてやってても、だめだった。あの老先生にしたように、自慰の姿を見せてやろうかともしたが、白けると私の立場がなくなるのでやめておいた。皮をかぶったそれは、なかなか頭すら出してくれなかった。

ようやく挿入できる状態になっても、なんか腰の振り方も変で、まさかあんた童貞じゃないでしょうね、と問い詰めたくなるほどだった。私は股関節が外れるほど股を開いて、コウちゃんの腰を締め付け、突き上げた。

「ああっ、いいよ、いいよ、園子さん」

まるで女の子みたいな声を上げて、彼も必死だったけれど。何度も抜けるので、その度に彼に見えないよう急いで手のひらに唾を吐き、あそこに塗った。

本来はものすごく濡れやすくて、相手がちょっと女の扱いに慣れた男だと、一緒に手をつないで歩くだけで潤うほどの私なのに。

それでも私は、コウちゃんを好きだった。情けない声を出して射精しても。

ところが彼は、その日から連絡をくれなくなった。携帯にメールを三度送って返事がなかったところで、私も諦めた。好きだった好きだったといいながら、ずいぶんあっさりしているじゃないか、といわれそうだが。

コウちゃんの気持ちはわかった。私を好きだったのも本当だけど、ただの女の園子より、「女流ポルノ作家の小夜園子」を、より好きだったのだ。それと、彼は「恥をかいた」ではなく、「恥をかかされた」の方に変換してしまっている。

だったら、そっとしておいてあげるのがせめてもの愛、だろう。

そんな風に年上のいい女ぶっていたけれど、やっぱり心は挫けていたようだ。自称フリーライター、自称書評家。その実態は無職。いや、無職だけならまだいい。実際はヒモ。そんな男に、今度こそこっちが準強姦をされてしまった。

ヒモといっても、稼ぎのいい風俗嬢や人気作家といった女のではない。相手はただのＯＬ。ただのＯＬが悪いんじゃなくて、たくさんとはいえない収入の女性からむしり取っているのが、人として男としてどうよ、といった感じだ。

そいつは顔に似合わない気取ったペンネームの方で呼ばれたがったが、私は本名もペンネームもどちらも呼んでやらなかった。私の公式HPを作りたい、自分が管理人をしたい、などとしつこくつきまとってきた男だ。

私のために尽くしたいんじゃない。目的は、自分が小夜園子の名前を利用して世に出たい、自分に仕事欲しい、というだけ。ついでに私ともヤリたい、と。

そんな男なのに、私は感じてしまった。まだ自分でポルノを書いてない頃から、わざわざ本まで買いはしなかったけれど、オヤジ系週刊誌なんかに出ているエロ小説を読んで、無理やりやられている女があんあん喘いで濡れ濡れになっているのを、

「嫌いな男に無理やりヤラれて、こんな気持ちいい訳ないじゃん。女をバカにしてる」

そう、憤(いきどお)っていたのに。いきなり床に引き倒されて下だけ脱がされたときは、さすがに恐怖で固まったとはいえ、いきなり挿入してきたものには背中が浮き上がってしまった。もっと奥まで入れてもらおう、としてだ。勝手にあそこが、くわえ込んでいた。

私が男の欲望の道具にされているんじゃない。はっきり、わかった。私が男をおもちゃにしているんだ。好きな男より、嫌いな男によってわからされるなんて、少し悲しい。けれどその悲しさは、普通の女としてのもの。作家としてみれば、嫌な勝利感を得られる。

「感じてる。こんなに濡れるなんて、ほんといい女だなぁ」

私の上で腰を振ってる男の、間抜けな台詞(せりふ)。せめて悪い女だなぁ、といってほしかった。

Hガール

賢二(けんじ)があの南国の街に何度も通うようになって、もう五年ほどになる。初めて行ったのは、いわゆる卒業旅行でだった。まずまずの広告代理店にも就職が決まり、同じ大学の二年後輩の彼女もいて、毎日が楽しくてならないという日々ではないにしても、

「わりあいに俺って、勝ち組の方?」

冗談ぽく聞こえるようにはしていたが、かなり本気でそう口にしていた。彼女

である亜由美（あゆみ）だって、本当はたいして美人ではないというより、もしかしたらちょいブス混じりかもしれないのだが、化粧が上手いのと今どき流行りの格好をそつなくこなしているのとで、

「可愛い彼女までいてよー」

仲間には、羨ましがられていたのだ。実際、亜由美くらいの女が最もモテる。賢二もだが、ちょいブス混じりの可愛い子、ブスっぽいけど色気がある、そういう女が、少なくとも今の日本国では一番引く手あまたなのだ。だから亜由美に不満があるとすれば、

「誰にでもすぐメルアド教えたりすんなよ。それとおまえ、合コンは人数あわせで仕方なく出てるのーとか言いながら、出すぎだろ」

はっきりと浮気、裏切りとまではいかなくても、ふらふらと気が多い、軽い、といったところだった。賢二も、「あの子もいいなぁ。メル友くらいなら、いっか」といった子もいるが、大胆な行動にもこそこそした行為にも及んではいない。

だから、という訳ではないが。男友達三人で行く旅行は、「買春オヤジが行かない東南アジア」「どっちかというと女の方が憧れる国」というのを基準に選び、V国とした。

特にV国に思い入れがあったのではなく、三人ともまだ行ったことがなく、近場といえば近場だが異国情緒もありそうな所、というのでV国にしたのだ。

亜由美も、「まぁあの国なら、いっか」と快く送り出してくれた。

「社会主義国だもんね。厳しいもんね。そういうプロの女はいないんだもんね」

そう。賢二もガイドブック等で、「売買春に関しては厳しい社会主義国」というのを見聞きして、不埒な気持ちは持ってなかった。あっちで、同じように卒業旅行などの女グループで来ている可愛い子と出会えたりしたらいいなぁ、程度の浮気心と期待は抱いたが。

そんな期待を抱きつつ、前日は亜由美の部屋に泊まった。亜由美はしかし前日の飲み会とやらで疲れているそうで、あそこを舐めているときも挿入しているときも、うつらうつらしていた。仕方なく亜由美に思い切り股を開かせて、そこを見ながら自慰をした。

「なんか、ほんと貝によく似てるなぁ。ちょっと日にちが経って悪くなった蛤か……」

いざ来てみれば、なるほどV国はいかにもいかにもなギラギラ買春オヤジの団

体などはいないし、歌舞伎町みたいなキンキラのネオンや客引きこそないものの、

「やっぱ、どんな国にもあるんだよなぁ。当たり前だよなぁ。なんたって世界最古にして世界共通の職業だもんなぁ」

三人揃って、「日V友好」。つまり、そっち方面のプロの女性にお世話になってしまったのだった。V国はまだ途上国であるから、庶民は車は持てない。大半が日本製の小型バイクに乗っている。通勤にも買い物にもデートにも。そして、売春にも。

有名な日本の自動車メーカーの名前から取った、通称Hガール。彼女達は一人でバイクにまたがっているときもあれば、仲間の女と二人乗りをしているときもあり、また客引き兼ヒモの男と乗っているときもある。

いずれにしても低速で街を流す彼女達は、ちょっとでも金を持っていそうな男を見つけると、ハーイと声をかけてくる。彼女らは大抵、片言の英語はしゃべれる。交渉がまとまると彼女が運転するバイクの後ろに乗せられ、安いそれ専用のホテルか、彼女の自宅！　に連れて行かれてコトに及ぶ、という訳だ。

三人が三人とも彼女はいたが、三人が三人ともHガールの誘いに乗った。Hガールばかりが走っている通りがあって、三人は夜の散歩をしている間、知らず知

らずのうちにそんな通りに出てしまっていたのだった。

「全員でやれば、誰もゲロしないよな。全員が共犯者になりゃ、バレないよな。集合場所は泊まってるホテルね。じゃあ、おのおのここで解散ーっ」

真っ先にHガールのバイクの後部座席にまたがって、夜の南国の街に走り出していたのは賢二だった。なぜなら、そのHガールがめちゃくちゃ好みのタイプ、比べれば亜由美がドブスになってしまうほどのイケてる女だったのだ。

日本では滅多にお目にかかれなくなってしまった、漆黒(しっこく)の艶やかな長い髪。南国なのに日本人よりも白く透き通るきめ細かな肌。胸は短いTシャツを突き上げるほど大きいのに、背後からつかまる腰は驚異的に細くくびれていた。普段は可愛いと思っている亜由美が、単なるずんぐりむっくりにしか思えなくなってくる。

ホアと名乗った彼女は、英語は本当に片言だったが、田舎から一人で働きに出てきて家族に送金している、今は仲間の女の子五人で部屋を借りている、将来は美容師になりたい、といった身の上話をしてくれ、その住まいに連れて行ってくれた。

薄暗かったのと興奮していたのとで、家自体はあまり覚えていない。常夏の街らしく、窓枠だけでガラスがなかったことや、床だけひんやりしたタイルだったいだ。

こと。煤けた壁には、ドラマで人気の韓国人俳優のポスターがあった。それくら

しかし、ホアの肌はよく覚えている。というより、忘れられない。

床に直に敷いたマットレスの上で、ホアは全裸になった。ぱっぱと脱ぐのでも

なく、焦らすのでもなく、実にいい感じに恥じらいつつ、ちょっと背中を向けて、

Tシャツとジーンズを脱いだ。ブラジャーとショーツは、賢二が背後から抱きし

めながら外してやった。

顔は清純そうなのに、乳房はふてぶてしいほど重かった。亜由美は小太りなの

に、胸は控えめなのだ。安い香水の匂いも、よかった。背後から揉んでやると、

いっそうその匂いは体臭と混じって、女そのものの香りとなった。

下の毛は薄く、襞の重なりの隅々までがよく見えた。後から賢二は知るのだが、

V国では女のここを蝶にたとえる地域と、小鳥にたとえる地域があるという。ホ

アの住む街は、小鳥の方だ。賢二には、果実に見えた。

形そのものは亜由美のそれと大差はなくても、亜由美のを見て果実を連想した

ことはない。腐った蛤などと正直に言えば、Hガールを買ったこと以上に激怒さ

れるだろうが。

ホアのそこは剥きたての桃に似て、濡れ光って柔らかかった。薄い陰毛は、まさに果実の皮に生える産毛のような感触と見た目だった。

「舐めて。ここ、こうやって」

賢二も英語はそう得意な方ではないが、ゆっくりと甘い囁きも強引なお願いもした。ホアは演技なのかもともとそんな風なのか、Hガールになってまだ日が浅いのか。素人よりも素人っぽかった。そんなはずはないのに、処女とやっている気分にすらなったのだ。実は賢二は、処女とした経験はなかったのに。

風呂に入らなくても、嫌な臭いはない。ただ、おしっこの匂いがなんだか不思議な南洋だけに実る果実のそれを思わせて、激しく興奮した。

「先に、舐めてやるから」

日本語で囁いてから、いきなりそこに顔を埋めた。ホアは演技ではなく驚いた声をあげたが、のけぞって賢二の頭を抱えこむようにした。おしっこの匂いが甘くなった。焦らさずに、最初から最も敏感な突起を責めた。

ホアは本気の声と生温い粘液を漏らして、乳首を硬く尖らせた。半ば勃ちあがった賢二のものを激しくしごくと、V国の言葉などまるでわからない賢二にもわかる言葉を叫んだ。

「いれて、いれて」

プロのHガールなのに、ホアのそこはきつかった。不思議な南洋の小鳥が中にいるみたいに、ついばまれた。ホアは小鳥の声で鳴いた。何度か体位は変えたが、ホアのカラダは本当にしなやかだった。いつでも、驚異的にくびれた腰が切ない動きをした。

避妊薬を飲んでいるからとのことで、ホアは中に出させてくれた。これにも賢二は感激した。本来は、病気のことを心配すればヤバい遠慮しますと言わなければならないところだが、やはり生は気持ちいい。どうしようもなく。

仰け反ってホアが達し、賢二は名残惜しいがそっと抜き取った。ホアのそこから、自分の放ったものが垂れてきた。可憐な尻の穴まで濡らしているそれは、昼間に道端で飲んだ、ココナツの果汁を思わせた。

股間を拭いもせず、ホアは起き上がるとすぐに、賢二の柔らかくなりかけの陰茎をくわえてくれた。あぐらをかいて、賢二は目をつぶった。ひざまずくホアは、永遠に舐めてくれるのではないかとすら感じた。

「あなたの、ココナツジュース、おいしい」

ようやく口を離したホアは、たどたどしい英語で言った。

「君の蜂蜜も、おいしかった」

日本語ではとうてい言えないような気障なバカな台詞も、英語ならそう恥ずかしくはなかった。先に渡した金とは別に、かなりのチップもドル札で渡してやった。

「君のアレがよかったからじゃないよ。美容師になる夢の足しにしてよ」

これは日本語で囁いた。ホアはしがみつくように、キスをしてくれた。口からも、南洋の果実の匂いはした。もう一度、乳首を両方軽く噛んでやって、小鳥のようなそこに指を入れてやった。もう果汁の滴りはないが、生温かく濡れていた……。

ホアはホテルまで送ってくれた。乏しいネオンや街灯なのに、どこか毒々しい明るさを感じさせる闇の中に、Hガールは消えていく。もう終いなのか、次の客を捕まえるのかはわからないが、遠ざかる後ろ姿に感傷的な気分になった。

後の仲間は、もうみんな帰っていた。「日本の風俗よりよかった」と満悦の奴もいれば、「マグロもいいとこじゃん。どてーっと寝てるだけ。英語でお前はツナじゃ、と怒ってやったけど、ピンときてなかったな。マグロって英語じゃツナだよな?」とズレたことをいうやつもいれば、「驚いたーっ。オカマだったんだよ。おっぱいもあったけどナニもぶらさがってた」と、それはそれで貴重な体験ではないか、という奴もいた。

しかし一番いい体験をしたのは、やはり賢二ということになるだろう。すっかり「ハマッた」賢二は、卒業後も就職してからも、V国詣でに夢中になったのだから。

賢二が今激しく後悔しているのは、入社五年目で完全にダメ社員の烙印を押され、この広告代理店においては最も地味なPR誌の編纂に回されたことではない。卒後して、同じようにそこそこの商社に入った亜由美が、同期入社の男にとっとと乗り換えてしまい、腹は立ったが投げやりに別れを承諾してしまったことでもない。

V国のホアの本名や住居や連絡先を、聞いておかなかったことだ。

あんなにもホアは美人の床上手で、忘れられない夜をくれたというのに。

「どうせ一夜限りの仲だし、それに初っ端からこんなイイのに当たるんだったら、この後もまたたまらんカワイイのが、そう、続々とあの原付バイクに乗ってあっちからやってくる、と思い込んだんだよなー」

卒業旅行にも一緒に行き、その後も飲み友達を続けている隆には、何度も愚痴った。ちなみに隆はあの時は、オカマに当たったという体験の持ち主だ。それが原因ではないだろうが、今はまるで浮いた噂はなく、女なんか面倒くせー、と男とばかり遊んでいる。

「で、賢二。来週も行くんだって？ V国。ホアちゃんを捜し求めてか」

「ホアちゃんでなくてもいい。もう、ホアちゃんに似た子、でいい」

すでに賢二は、ほぼ二ヶ月に一度はV国に渡っている。社会主義国で、売春は取り締まられているはずのV国なのに、Hガールは行く度に増殖している感があった。近隣のもっと享楽的で自由な、風俗が一大産業となっている国々にも足を伸ばして女の子を買ってもみたが、どれもイマイチだった。V国のHガールだって、当たり外れはある。

オカマにこそ当たったってないが、本当にただ寝転がって何をしてもピクともしない子とか、部屋中に生ゴミの臭いが充満するほどあそこの臭い子とか。まずまず顔も反応もよかったのに、毛じらみを伝染してくれた子や、巧みに財布から金を抜き取った子などもいた。

——そうして賢二は、またやってきた。いつ来ても真夏の光とバイクの洪水がある、V国へ。チェックインして夜に備えて一眠りして、それから夜の街に出て行く。ホアと出会った通りへ。Hガールが多く出没するスポットの一つ、路上のカフェの前。

風呂に置いてあるようなプラスチックの小さな椅子にかけて、V国独特の濃いコーヒーを飲みながら、行き交うHガールを見る。煌々と照っているとはいえない街灯の下、まさに夜の蝶で夜の小鳥達は、顔だけ白く浮き上がっている。

「あ、あーっ、ちょっと君。ヘイ、そこのガールッ」

その中に、ホアがいた！　慌てて立ち上がって駆け寄ろうとした賢二は、いきなり真横から突っ込んできたバイクに跳ね飛ばされていた。

次の瞬間にはアスファルトに叩きつけられ、南洋の黒々とした夜空が賢二の中にも広がっていった。薄れゆく意識の中、それでもホアを探す。賢二を覗き込む野次馬達の中に、確かにホアがいたような気がした。ホアは、まるで賢二を覚えていないようだったが。

動物園　植物園　水族館

動物園

国内でパンダがいる動物園といえば、かなり特定されるよね。

それから、たとえば私は故郷をほとんど出たことがないといったら。じゃあその動物園はあそこだ、と、これも探しやすいでしょ。

でも私が行った動物園にパンダはいなかったし、けっこうあちこち海外旅行していろんな動物園も行ってる。だからあそこは、本当に謎の動物園。

その頃、私は職業が愛人だった。

街なかやパーティーで出会って、キミ可愛いねなんて誘われて、なるんじゃなくて。

そういう専門の事務所に所属して、会員さんと呼ばれる男たちに、順繰りに契約として引き渡されてたの。

これでも一応、四大は出てんだけど。どうにも就職がうまくいかなくて、契約社員もやってたけど、ひたすらつまんなくて。でも、ストレスはたまるばかりで。

といって地味に主婦するのも、なんだかなぁーって感じで。遊び仲間の紹介で面白半分に面接受けたら、こういうのだけはすんなり受かった訳。

うちは有名大学の学生に客室乗務員、現役のグラビアアイドルや元女優といった、選び抜かれた美人しか所属させない、と面接してくれた、これまた元美人だろうなっていう、今は肥満した派手なだけのオバサン社長が豪語してた。

まあ、そうトラブルも起こさず、といってひどく特定の人に気に入られることもなく、ある意味ほんとプロっぽく粛々と愛人業をこなしていたわ。

その動物園に連れて行ってくれたのは、地方在住の歯医者か、都内の不動産会社社長か、あるキー局のディレクターだったと思う。これまた、特定できないんだわ。

まずその動物園を思い出そうとすれば、夜のだだっ広い公園みたいな場所と、のんびり走るチンチン電車みたいな乗り物が出てくる。

遊園地にある、子供が乗る電車のおもちゃみたいなの。それでずうっと進めば、いろんな動物が放し飼いされている、野生の姿そのままが見られると聞かされる。ここまでいうと、それは東南アジアのS国のナイト・サファリじゃないかっていう人が何人もいるわ。人工のサバンナは一見の価値あり、とかなんとかね。その人たちは、そこは夜に開園して、電車で回りながら夜行性の動物を見たっていうの。

でも私、S国に行った記憶はないんだわ。パスポートにも記録は残っていないし。ともあれ、電車はゆっくり、闇に沈む広大な公園みたいな場所をめぐったの。動物園て雰囲気は、あんまりない。暗闇に光る目もないし、月に向かって吠える声もない。

同じ小さな一つの車両に乗っているのは、歯医者でも社長でもディレクターでもなかった。まるで見知らぬ男の影よ。自分も、人の言葉をしゃべれない動物の一匹であるかのように。影は黙りこくっていた。

電車の外には、何物かの気配だけはある。確かに、何か生き物が蠢(うごめ)いている。よくよく目を凝(こ)らしてみると、すべて人間なの。

素っ裸の人間たち。岩陰に隠れて、木の枝につかまって、砂地に仰向けになって、格好はさまざまだけれど、とにかく人間がみんな、その、セックスをしているの。

これをいうと、S国のナイト・サファリといっていた人たちが黙るわ。そんなもの、あの国にあるなんて聞いたことないって。自分はそんなの、見てないって。とにかくすごかった。人間なのに、動物の声を上げている。人間なのに、動物の体位で交わっている。電車がどんなふうに終点に到着したか、私はまた記憶が混濁する。

次の場面は、巨大な体育館か倉庫とでも形容したい建物よ。真っ暗闇の中にあるから、外観はどんなふうだったかよくわからない。

全体がコンクリートで作られているのは、わかったわ。あと、真ん中に橋みたいに通路が設けられている。その通路だけは、頑丈な鉄柵に囲われている。

中に入ると、涙が出るほど、息が詰まるほど、悪臭にむせかえる。でも、動物の臭いじゃない。動物の臭いも混じっているんだけど、それだけじゃない。

檻は、一つもないの。建物全体が、一つの巨大な檻。そこに、あらゆる肉食獣が集められている。脂っこい、肉食獣に特有の獣臭さ。

そいつらは、真ん中の鉄柵に囲まれた通路を歩く私たちは無視する。すでに、餌を投げてもらっているからよ。

その餌っていうのが、どう見ても人間なの。正しくは、人間の残骸。無茶苦茶に引きちぎられた、元は人間だった肉塊。

私は黙って、獣たちを刺激しないよう、そして隣を歩く誰かを怒らせないよう、ひたすら静かにいい子にして、通路を渡りきる。

渡りきったところでまた、私の記憶は途切れるの。

——こうして、医療刑務所なんかに収容されている今、その話をしても薬物のせいにされるわ。すべては、悪いクスリに耽溺して見てしまった悪夢だと。

違うの。これは幻覚じゃなくて本当よ。ほら、あたしって股間を食いちぎられているでしょう。これ、刃物やなんかの人の手によるものじゃないわ。何かの獣に食われたの。おしっこと生理の血が細く出る穴だけかろうじて残されて、後はずたずた。

こんなに若くてきれいなのに、セックスできなくなったというだけで捨てられた私よ。

いっそ、あの動物園で飼って欲しい。毎夜、闇に沈む人工のサバンナで誰かと獣みたいに交わり続けて。それから、可愛い獣に食べてもらう。

こんな醜い傷跡は残さず、骨の欠片も残らないほど食べ尽くしてもらうの。

そうしたらきっと、悪い夢も消えてなくなる。それにしても本当に、あの動物園は、どこにあるの。私がまたセックスできる場所は、どこにいってしまったの。

ふと、あのときの肉塊の中にこそ、本当の私がいたのじゃないかという気もしてくる。

植物園

自慢ではなくただの事実、過去、思い出とまではいかない記憶なんですけど。あたし、昔ちょこっとアイドルやってたんです。

自分で自分をアイドルなんていうの、ほんと恥ずかしいっていうか、結局は売れなくて何にもなれなくて、むしろかっこ悪いんですけど。とにかく事実は事実なんで。

整然としたシステムとしてビジネスとして動かされる、大手のプロダクション所属じゃなくて。社長が趣味とスケベな実益を兼ねてやってる、小さな事務所にいました。

一番売り出してもらえる子は、そのときどきの社長の愛人ですよ。ま、売り出してもらえるといってもそんな事務所だから、たかが知れてます。

はい、あたしもいっとき、愛人してました。アイドルもしつつ。

あたしの他には、いつも三人か四人、いましたね。何の仕事もないのに、クラブとかであたしモデルよタレントよー、って安いクスリでレロレロしてる、見るからに売れなさそうな、若くなきゃどうにも使い道のないのばっかり。

一般人に混ぜたらまぁ可愛いかなレベル。本物の売れてる芸能人の中に入れたら、見劣りするどころかお呼びじゃない、人種が違うでしょって蹴とばされますよ。

仲間意識はなかったけど、同じ事務所にいたのは間違いないあの子たち。メジャーなタレントや女優になってる子なんか、一人もいないですね。アダルトビデオにいったたか、水商売に風俗。主婦になれた子は、幸運な子ですよ。

ま、あたしもまぎれもなくそんな一員だったんですけどね。

一番印象に残っている仕事は、一番大きな仕事じゃないです。あたしはまったく手に取ったこともないし、存在すら知らなかった文芸誌の表紙モデル、やったんです。

いつも、ってほどじゃないけどグラビアや表紙は、お色気系でしたもん。さすがに下のヘアは出さなかったけど、水着か手ブラに半ケツのセミ・ヌードが定番。

でも、その撮影は東南アジアの民族衣装を着てやりました。

あたし行ったことないし、これからも行かないはずの南国。チャイナドレスの下に、ズボンがあるって感じの衣装でした。

カラダにぴたっとフィットして、全身を隠しているのにけっこう色っぽいなと思いましたよ。そんな格好で撮影した場所が、植物園。

場所は、はっきり思い出せません。都内のどこか、としかいいようがないですね。

どこもかしこも、光のあふれるガラス張りだった記憶があります。

あたし、そもそも植物園なんて行かないし、あの南国と同じくらい、異国の異郷。今のところ、最初で最後の植物園ですね。

あれこれ指示をしたのは、カメラマンじゃなくてその文芸誌の編集者でした。

その人の顔も背格好も声もおよその年齢も、何もかも忘れてしまっています。

覚えているのは彼がずっと話していた、昔ちょっと担当していたという女の作家の話。

その女作家が、よく南国の男との情事っていうのかな、ずばり、エッチなあれこれを書いていたんだそうなんです。

あたしは全然知らない、女作家が書いた南国の男とのエロい小説。それに激しくのめり込んだファン、ううん、この場合は読者かな。とにかく、夢中になった女の人がいたっていうんです。

普通のOLだった彼女は、その女作家の小説を持って南国まで行って、そこで探し当てた女作家の愛人に会うんです。そこから、OLはおかしくなっていったそうです。

女作家の愛人と寝られたOLは、夢中になる。毎月のように、南国に行くようになるんですって。でも、普通のOLにそんなお金は続かないでしょう。

それでOLは、渡航費と滞在費のためにソープランドに転職しちゃう。

そこから先は、編集者は知らないといいました。

女作家もまた、OLの行く末は知らないんだそうです。なんでも女作家は南国の愛人に飽きて、もっと日本に近いお隣の国の男と結婚しちゃったからだそうです。

その編集者は、こういいました。きらきら輝くガラスを背景に、命じました。

君はそのOLになったつもりで、被写体になってください。昨日まで泡にまみれて、見知らぬ男の性器をくわえ、ローションの力を借りてやっと挿入できていた。わざとらしい作り声を上げて。男に性器をかき回されていた。

でも、今は違う。さっき飛行機で南国に到着した。さっそく現地の服を着て、愛しい彼が来るのを待っている。南国の蜜色の陽光。まろやかに優しいのに、ひどく尖（とが）った植物の群れ。日本には決して自生しない花々の濃い香り。

ああ、もう自然に濡れてくる。早く抱いて。そんな表情を作ってください。

……その編集者は、その女作家に変な思い入れがあったんでしょうか。

女作家の小説に興奮したOLに、また興奮したのか。何重にも捩（ね）じれているような、実は真っ直ぐなような、妄想と夢想。

あたし、いわれるがままにそんな気持ちになって、そんな顔でカメラの前に立ちました。巨大な緑の葉陰、極彩色の花々、きっととろける濃厚な味の果実。獰（どう）猛（もう）で野蛮で、豊かなのにどこか酷薄な葉脈は、まるで人の血の色みたいな液体を見せていました。

そんな南国の植物にもたれかかったとき、不意にそのOLはもう死んでいるとわかったんです。女作家の愛人だった男の弟に絞め殺され、市内を流れながら東南アジアの大河にもつながる川に浮いている、とまで全身に感じたんです。OLは死ぬ直前、愛人の弟に強姦されているのまでわかりました。夢見がちなOLの死体は、愛人の弟の精液を体内にためたまま、椰子(やし)の実と一緒に流れていったんですよ。

——その表紙はとても好評だったのに、それから私はまったく仕事を回してもらえなくなりました。社長からも、公私共に捨てられた格好です。

あのOLみたいに、ソープランドにも勤めもしましたが、先日、そこも辞めさせられました。だから今はこうして、非合法の危険な店に隠れているしかありません。

あの植物園にまた行きさえすれば、いろんなものがガラス越しの南国の陽光として輝くような気もしますが。二度と、行けないのでしょうね。

水族館

確かにわたしは海辺(うみべ)の町に生まれて育ったけれど、毎日海に入って魚と戯れていたのではない。わたしにはウロコもヒレもない。

父は普通の会社員で母は主婦で、身内には漁師も船乗りもいない。自宅はマンションで、窓からはちょっとだけ海の切れ端が見えただけ。

初めて、男の子とデートと呼ばれることをしたのは、中学三年の夏休み。

相手は同級生で、クラスは違った。体育祭だが文化祭だかで仲良くなって、そんな約束をしたのだと思う。もう、細かな部分は忘れた。

なぜ水族館に行くことになったかも、覚えていない。

市内のどこにあった水族館かも思い出せないし、どんな魚がいたかも忘れた。

その後もいろんな水族館に行って、思い出の水族館は混ざり合っている。人工の海水にまみれて。わたしはときどき、自分にウロコが生える夢も見る。

ただ一つ、いや、二つ。奇妙なほど鮮明に覚えているのは、サメの水槽とイルカの水槽だ。二つとも、同じくらい巨大だった。

思い出の中では、マンションの窓から見えた海よりも大きくなっている。

どちらにも、二匹ずついた。いや、この場合は二頭ずつか。わたしたちは、二人。

サメはぐるんぐるん、ただ同じところを永遠に回遊していた。イルカは確かに楽しそうに、あちこちで遊んで泳いでいた。

同じくらいの大きさなのに、はっきりとサメとイルカは別物だった。もちろんサメが魚でイルカが哺乳類だというのは、知識としては知っていた。

そのとき初めて、はっきり目の当たりにしたのだ。

目が、全然違った。サメは魚の目で、イルカは動物の目をしていた。サメにはまったく感情がなくて、イルカにはあった。

もし、この水槽にわたしが放り込まれたら。

そんな、ありえない恐怖に侵（おか）された。イルカはわたしを、楽しくおもちゃにして遊んでくれるだろう。そう、仲間とまでは思ってくれなくても、あの可愛い哀しい目と目は合わせられるはずだ。

でも、サメの水槽に落とされたら、サメたちは直前にたっぷりエサを食べていたとしても、たちまちわたしを食い尽くすだろう。

いや、食べ残したわたしを放ってまた、ひたすらぐるぐる水槽を回るだろう。何事もなかったかのように。

サメはわたしを食いちぎっても、何も思わない。わたしだって豚肉や魚を食べるとき、何も思わない。サメはわたしを、美味しいとすら思わないだろう。

長らく、サメの水槽はわたしの悪夢になった。

食いちぎられたわたしは、サメと一緒になってぐるぐる水槽を回る。みずから泳ぐのではなく、サメの動きに合わせて、サメが起こす水流に巻き込まれるかたちで。

そしてイルカも、助けに来てはくれないのだ。

通路を挟んだ向こうの水槽のイルカたちは、水槽を出てこられないのだし。わたしをそこまで思ってくれる理由も、ないのだから。

それが原因ではないけれど、その男の子とはそれっきりになった。

それこそ手もつながず、別れた。淡すぎる初恋だ。

あの頃のわたしは、そんな女の子だと思われていた。その次の男の子とは、キスまでした。その次の男の子とは、最後までいった。

何かが、そこで終る。わたしはイルカの水槽からサメの水槽に移された。

特に家庭に何かがあった訳でもなく、学校で落ちこぼれたのでもない。悪い仲間に引きずり込まれたのでもない。

ただなんとなく、ずれていった。何かが少しずつブレていって、気がつけば学校でも街なかでも、派手な女、遊んでる子、そんなふうに見られるようになっていた。

高校を出るちょっと前、繁華街の真ん中でさらわれて、ワゴン車に押し込まれて、たぶんそんなに遠くはない山の中に連れて行かれた。

おそらくは、三人。もしかしたら、四人。ああ、そうだ。あのサメの水槽にいたサメの数と同じ。正確に数えられない。三匹か四匹。三頭か四頭。

あの男たちも、そんなふうに数えるのが相応しい。三匹か四匹、もしくは三頭か四頭の男に、わたしは輪姦された。

ぐるぐる、男たちが回っていたのか。わたしが、回っていたのか。

食い残されて残骸になったわたしは、山の中にそのまま捨てられた。

男たちが立ち去った後、なんとか降りて道で親切な人の車に拾ってもらって、家まで帰りついた。あそこはぐちゃぐちゃになっていて、下着は血まみれだった。

だけど親にもいえなくて病院にも警察にも行けなくて、ひたすら丸まって耐えた。

なんでだかわからないけど、黙っていなければ今度こそサメの水槽に突き落とされる気がしたのだ。サメはきっと。血の臭いを嗅ぎつける。

夢の中に、サメではなくイルカの水槽が出てきた。

イルカは哀しそうな目をして、でも何もしてくれずふわふわと泳いでいた。ときおり水面に顔を出して、女の子の嬌声（きょうせい）みたいな可愛い鳴き声を上げた。

——今のわたしは、ぐるぐる夜の街を回っているのではなく、いつも決まった同じ暗がりに立っている。

派手な女の子、遊んでる子ではなく、不気味な婆さん、五百円でも売る病気持ちのイカれた立ちんぼとして。

決して、変態だからじゃありません。

1

あなたのように今も、弟を覚えてくれている人がいる。姉としては、本当にうれしいです。それが健ちゃんの短いけれど華やかだった芸能生活ではなく、あの悲惨な最期であっても。誰かの記憶に残り続けるのは、健ちゃんも望んでいたことです。

私が今も老親と暮らす家の近くを、あなたも通りかかったことはあるでしょう。近所に有名な市民会館があり、よくコンサートやライブ、舞台など催されていますもの。弟も故郷に錦を飾る、じゃないですが、何度か舞台に立ちました。

健ちゃんは姉の欲目で見ようとしてもイケメンとは程遠かったのですが、小さい頃から目立ちたがりで、浪人中に素人参加の番組に出たところ、妙に注目されたのです。

世間のオタクのイメージそのまんまの小太りで地味な男が、派手なカツラにミニスカで女装し、わざと頓珍漢な政治論や無知丸出しの社会問題を語るのが芸風でした。

あと、これはテレビでは封印していましたが、カメラが入らないライブでは、妙に女性の生理について語っていました。だから健ちゃんは、一部では気持ち悪い奴ともいわれていましたが、これはちゃんと理由があったことを後で説明します。

「排卵日の前後は、性欲が高まるよね。もともと生理は、妊娠のためのものだもの。でもみんな、生理中でもタイミングが合えば妊娠するときもあるんだから気をつけようね。

ていうか、すべての駅や店の女子トイレに、無料で生理ナプキンを置くべきです」

大学をあきらめて芸能人になり、売れっ子になっても変わらず、年の離れた姉である私に甘えていました。家に女の子を連れてきたことはないのに、当時人気だったかなり年上の俳優と、しょっちゅう一緒にいるところを目撃されていました。

俳優の方から接近してきたそうですが、彼は若い頃は不良だったのを売り物にもしていて、健ちゃんは彼の息子か、といった冗談もいわれ、隠し子説まで流れましたね。

健ちゃんは、その俳優も連れて来たことはありません。やはり弟は、いろんなことを気づいていたのです。この辺から、弟を語るのはつらくなってきます。でも、あなたは弟を知っているといってくれたのですから、続けましょう。

売れっ子だった弟が突然すべての仕事を失ったのは、たまたま食事に行った店で会った、いえ、実は待ち伏せしていた売れない女芸人のせいです。ひん曲がった口で人の悪口をまくしたてる芸風で、素もそのまんまだった醜い陶子。

健ちゃんが酒に薬を入れて乱暴したと警察に駆け込みましたが、嘘つき陶子から薬物は検出されませんでした。目撃者の証言も、みっともなく陶子がまとわりついて健ちゃんは困っていた、というものばかり。なのに、犯罪者のように報道されたのです。

「今は妊娠しやすい時期だからと必死に抵抗したのに、だったらやりたくて仕方ない時期でもあるよな、なんてひどいことをいって、あっという間に脱がされました。

そのとき私、普段使いの下着をみんな洗濯して乾いてなくて、仕方なく貰い物の新品の下着をつけてたんです。それがセクシー系だったので、彼は私がやる気満々で来たと勘違いもして、いきなり口元にアレを突き出されて、舐めるように命じられました。

舐めてイってくれたら、それ以上のことをされないかと口を開けたら、ぐいっとねじ込まれました。苦しくて声も出せず涙を流しながらしゃぶっていたら、唾液もだらだら流れてきて、その間もずっと彼は私の恥ずかしい所を弄んでいました。

そのときの下着は、脱がなくても乳首や陰部が丸出しになるデザインだったので、彼は私を全裸にせず、下着越しに挿入もしてきたし、ブラジャーを付けたまま乳首を噛まれました。下着の脇からお尻の穴にも指を入れられて、恥ずかしさと屈辱は倍増でしたよ。

彼は避妊もしてくれなくて、中に出した体液が下着にもべったりつきました」

恥知らずの陶子はこんなエロ小説みたいな告白とやらを、まさに恥ずかしげもなくあちこちで吹聴したのですが、その下着とはと問われると、失くしたなどというのです。大きな証拠となる物なのに。やっぱり、そんな下着も事件もすべて嘘なのです。

憎い陶子はその後、転落死しました。遺書はなかったけれど、精神の不安定さは以前から知られていたし、自殺と報道されました。元から醜かった陶子の顔は、判別できないほどぐちゃぐちゃに潰れていましたが、まさに天罰ってやつでしょう。

気持ち悪い陶子の虚言も証明され、健ちゃんは汚名返上となりましたが、すぐに一線への復帰は困難でした。思えばその頃から、弟はいわゆる闇営業もしていたのです。

とはいえ健ちゃんは徐々に、表の活動も再開していきました。みずからスカウトした新人達と一座を結成し、交代でワゴン車を運転し、全国どこへでも行ったのです。

そうして……健ちゃんは高速道路上で、事故を起こしました。そのときは健ちゃんが運転していて、居眠りしていたと推察されました。ガードレールに接触した後、破損を確かめようと停車し、車外に出たところへ後続車が突っ込んだのです。

健ちゃんは、ほぼ即死でした。苦しまずに逝ったことと、自分以外の死者を出さなかったことは、せめてもの救いです。あの子は、すべてを一人で背負って旅立ちました。

久しぶりに、健ちゃんの名前と映像が全国のテレビに出ました。親は憔悴しきっていましたが、時間が経つにつれ、徐々に日常を取り戻せるようになりました。弟の死も、長くは騒がれませんでした。とうに、過去の人になっていましたから。

私は健ちゃんがいなくなったことに今もって現実味がなく、またテレビで観られ、帰省もすると思えてなりません。なのに、大きな喪失感も持て余してしまうのです。

健ちゃんと親しかった、まるで父親みたいといわれた俳優は、衝撃と悲しみが強すぎて精神的に参っていると報道され、通夜にも葬儀にも来ませんでした。あの事件との妙な関わりも、さほど取り沙汰はされませんでした。あの事件は、健ちゃんの死の少し後に報道されましたしね。

ある外国在住の資産家老人が一時帰国し、在住の国に戻る直前に行方不明となり、ほどなくして国内の山林に埋められているのが見つかったのです。

かなり腐乱していた老人ですが、他殺の証拠はありありと残っていました。外国人グループが逮捕され、彼らはほぼすべての起訴事実を認めました。

資産家老人は、それ以外にも様々な揉め事や恨む人達、黒い話を抱えていて、真犯人は別にいて、大きな組織に守られているだの、捕まったのは単なる殺し屋だの身代わりだの、一部の週刊誌やネットでは書かれましたが、真相はわからないままの幕引きです。

この老人はパーティー好きで、外国でも国内でもゲストとして芸能人を呼んでいました。人気芸能人もいれば、あちらから売り込んできた無名の芸能人もいました。

そう、弟の一座も呼ばれたことがあったのです。健ちゃんがそのときの様子を、まったく無関係な地方のイベント会場でしゃべったようで、そのときの発言がネットに残っています。私は健ちゃんの記事などは、すべて目を通し保存していますから。

「呼ばれたお屋敷に着く直前、脇から僕らとそっくりな車が飛び出してきて、目出し帽に黒い上下、音を立てない靴、見るからにヤバい奴らがわらわらと降りてきた。

奴ら無言で僕らを引きずり出し、近くの水田に投げ飛ばすと車に乗り込み、どこかに走り去って行きました。僕ら、どろどろになってお屋敷にたどり着いたら、資産家老人もびっくりしてたけど、それ自体がネタ、笑い話にもなりました。とりあえず、シャワーを借りて着替えさせてもらいました。衣装や小道具は無事で、パフォーマンスもできたわけです。警察には行きませんでした。面倒くさいもん」

この話はほとんど話題にもならず、後追い記事などもごくわずかでした。弟と老人は同時期に死んでいますが、弟はその事件とは何の関わりも見出せませんでしたからね。

でも。もしかしたら老人を殺したのは、健ちゃん達を襲った奴らだったのではないかと、私は直感しました。そして健ちゃんも、本当にその一味とは無関係なのでしょうか。

健ちゃんの死後、一座も解散し、親しかったあの俳優も引退同然となりました。健ちゃんも俳優も資産家老人の事件も忘れ去られたのに、私だけは謎に囚われています。

まずは、こう推理しました。健ちゃん達の車を襲った不気味な一団は、健ちゃん達を資産家老人のパーティーに出られなくし、自分達が健ちゃん一座のふりをし、屋敷に乗り込むつもりだったのでは。目的はゲスト出演の代理などではなく、窃盗、強盗です。

でも最近、健ちゃん一座こそが途中から泥棒に変身する窃盗団だったのではと考え始めました。弟達を襲った車も、黒ずくめの男達も存在せず、健ちゃん達は自分で服を汚して資産家老人の家に行き、風呂や着替えのふりをして屋敷内を物色していたのでは。

ずばり、あなたがリーダーとして一座を率(ひき)い、健ちゃんはいいなりだったのではと、今の私は考えています。となれば資産家老人の事件も、無関係ではなさそうですね。

あなたの悪事に加担し続けるのが嫌になった健ちゃんは、あなたのことを仄(ほの)めかそうとしたけれどうまくいかず、一座を道連れに死のうとしたのではないでしょうか。結果的に一人だけ事故死となり、後の仲間はすべてを闇に葬り去ろうとしています。

それよりあなた、見た瞬間にわかりました。面影はありますよ。だからあとをつけ、声をかけたのです。健ちゃんの名前を出したら、逃げずに立ち止まってくれましたし。

　不良だったあなたは、俳優になった後も悪事から足を洗えなかったのですね。

　健ちゃんは、先輩としてあなたを好きだった。でも父親ではと気づいたら、死にたくもなるでしょう。あなた、酔った勢いであの夜のことを話したりしませんでしたか。

　今も健ちゃんを想ってくれているのは、ありがとうといいたいです。息子、いえ、弟に代わって。ああ、無理矢理、想っているといわせてしまった雰囲気にさせましたか。

　謎のワゴン車といえば、私も嫌な思い出があります。高校に入る直前、春休みの部活で遅くなっての帰り道。いきなり隣に停まった、黒いワゴン車。あっという間に車内に連れ込まれ、ものすごい力で抑え込まれ、暴行を受けました。

　恐怖に記憶は混濁しますが、初めて目の前で見て体内に突っ込まれた男性器が、本人と同じ体温と匂いを持っていたことは、今も生々しく脳にも体の奥にも残っています。もう半分入っているよ、そう囁(ささや)かれた口調も耳の奥で何万回も再生されました。

　気がつけば、また道に一人でたたずんでいました。すべてなかったことにしようと決めたのに、私は妊娠していました。たった一度の、初めての性行為で。学校にも親にもお腹を隠し通すのが限界となったとき、親はどこに持っていけばいいかわからない怒りと恐怖に襲われた後、現実を受け入れるしかなくなりました。

高校をあきらめて遠くの病院で出産し、後に養子縁組をして戸籍上も父母の子にしました。世間には、父と母の遅くにできた子、私と歳の離れた弟ということにしました。

私も親から、姉として接するよう諭されました。実は息子である弟が芸能人として売れたとき、過去を探られると親も私も心配しましたよ。世間には隠し通せましたが、弟はやっぱりどこかで、私が姉ではないのを気づいていました。

私は男との経験はそれっきりだったのに、いつも生理が来る前は心配になりました。

いつか健ちゃんと外出したとき、二日ほど遅れていてかなり不安になっていたのですが、店内でいきなり始まってしまい、下着やスカートを汚しながらもうれし泣きしてしまいました。私が強く妊娠を恐れているのを、健ちゃんは感じ取っていったのでしょう。

健ちゃんは堂々と、生理用ナプキンを買ってくれました。後に健ちゃんが、すべての女子トイレに無料ナプキンを、といっていたのは、決して変態だからじゃありません。

健ちゃんが出身地や自宅を明かしたとき、あなたは何か遠い過去を回想しましたか。

まだ新人に近かったあなたは、おそらくあの市民会館に行き、帰り道で私を見つけたのです。若いとき、よくやってたんでしょう。今から思えば、手口が常習者っぽかった。

あなたを、あのときのワゴン車の男だなどと世間に公表するつもりはありません。何も、証拠はないのですから。本気になれば、健ちゃんの遺髪や遺骨などでDNA鑑定もできるのでしょうが、そこまでする労力は無駄です。

さて、私の親も老いました。独りぼっちになる私は、将来が不安です。高校に行かず出産した私は、心身ともに傷つき、長く家に閉じこもってしまいました。きちんと働いたこともなく、この歳まで結婚どころか男性との交際すらありません。

あなた、もう一度ワゴン車に連れ込んでくれませんか。いえ、一緒に高速道路で死のうなんていいませんよ。今度は、望んであなたを受け入れます。もう一度、妊娠したい。弟を、息子を生み直したいのです。ちょうど今は、私が身籠った季節。そして私も、そろそろ生理がなくなる年頃となりました。えっ、弟に襲われたと騒いだ、あのストーカー陶子みたいな女になってますか。全然、違いますよ。

健ちゃんを産み直すために、これからもつきまとい、あなたの前に立ちふさがりますよ。あなたが私を泥田に投げ飛ばしてもすぐ起き上がり、私があなたを投げ飛ばします。

私にとっての青い鳥だった健ちゃんを失った今、次の青い鳥が飛んでくるまでは、あなたを私の空っぽの鳥籠に閉じ込めます。私を甘く見てはいけません。健ちゃんを陥れた卑劣な陶子だって、私が事故に見せかけて始末したんですからね。

私は、怖い女じゃありません。私はただ、幸せの青い鳥を産みたいだけなのです。

2

健治には生涯、忘れられない女がいる。殺された女と、かつて大スターだった女だ。

――都内下町の食堂の子として、菜葉は生まれた。家族は末っ子を甘やかし、芸能界を夢見る菜葉のオーディションの付き添いやレッスンの手助けもしてやった。

緑は関東のごく普通の会社員家庭に生まれ、中学までは勉強もできたのに、ヤンキーが活躍する漫画やドラマに感化されて非行に走り、高校を辞めて東京に家出した。

健治は西日本の田舎町の、地元では豊かな部類の家に生まれた。大学で夜遊びに熱中し、勝手に中退して勘当された。それからは、各地の繁華街を転々とした。

そんな、本来は接点のなかった同い年の三人は、東京のタレント養成所で出会った。そして菜葉はいち早く、歌唱力と独特の存在感で大手事務所にスカウトされた。

あんな普通の子なのに、と、緑は嫉妬を隠さなかった。当時の言葉でいえばツッパリの緑は、養成所や遊びの仲間限定なら、菜葉よりもずっといい女扱いをされていた。

当時ならさておき今現在の健治が、そんな二人に取り合いされたなどと語ったら、嘘つきホラ吹き、妄想の世界に生きていると鼻で笑われるだろう。でも、本当のことだ。

芸能活動では菜葉と同じ土俵にすら上がれなかったが、健治の恋人の座を巡っては緑が優勢だった。緑は健治への恋心より、菜葉への競争心が勝っていたのかもしれないが。

「健治、いい男ぶっても台無しになるよ、それじゃ」

田舎町の長男として厳しく躾られるのではなく甘やかされた健治は、食べ方の行儀が悪かった。箸を舐めたりしゃぶったり、食べ物に舌を突き出す、いわゆる迎え舌もやるし、音を立てて汁を飲み、皿や椀の中をぐしゃぐしゃ掻き回す。

「今さら、直せないし。ちまちま畏まって食ってたら、不味くなる」

健治の食べ方の汚さは、ベッドの中でも同じだった。乳首も陰部も、舐める、しゃぶる、というより、ねぶる、といった方がぴったりのねちゃねちゃした体液の音を立て、全体重をかけて女に乗っかり、自分の欲望だけをぶつける。

「健ちゃん、痛いよ、もっと優しく舐めて」

健治は女に、痛みや苦しさがあるとは想像しない。この鶏肉、締められるとき痛かったかなと、想像しないように。普通の男は後者の想像力はなくても、目の前の女には持つ。

といって、女が痛がる、苦しむのを見て興奮する性癖でもない。健治は、自分が気持ちよければ女も気持ちいいと信じて疑わない。だから女が乾いたままでも気にせず深く突っ込むし、膣に遠慮なく指を入れて掻き回し、痛がるのを悶えていると勘違いする。

しかしMっ気というのか、被虐的な性嗜好を持つ女にはそれなりに求められるので、ますます勘違いも進むし、食べ方の汚さも直らないままだ。

——都内の歓楽街K町で、ラブホテル連続殺人と呼ばれることになる事件は、まず四十半ばのホステスが、全裸の絞殺死体となって見つかったところから始まる。

バッグの中身から、身元が判明した。一緒に入った男は消えており、浅黒い丸顔で四十代くらいの小太り、黒っぽい服、と従業員は証言したが、そんな男は星の数ほどいる。

そして翌月に入り、同じホテルではないが近くのラブホテルで絞め殺されたのは、今度は二十代と思しき女。こちらは手荷物もなく、身元不明とされた。目撃情報も、連れの男は四十代、浅黒い丸顔、小太り、黒い服。同一人物による連続殺人か、となったところで、ワイドショーや週刊誌も賑わすようになった。

最初の被害者は、貧しい家族のために一人で上京して体を張っていたと、悲劇の主人公にもされた。ひっそり住んでいたアパートからは、家族写真も出てきた。

次の身元不明の女は解剖（かいぼう）の結果、肺がきれいなので空気のいい田舎から出てきたばかりだったのでは、と推察された。どちらも、哀しい物語を付け加えさせることとなった。

しかし、当時は繁華街でも防犯カメラは少なく、ラブホテルにも設置されておらず、フロントの人も客をじろじろ見ないのが礼儀で、予想に反して犯人はすぐ捕まらなかった。

菜葉には内緒だが、健治は緑とK町のラブホテルにも何度か入っていた。被害者や犯人と同じ部屋を使ったことがあるかもしれず、すれ違っていたかもしれない。

「男関係は派手でも、男を見る目はなかったのね」

菜葉も緑も、同じことをいった。後からそれは、皮肉な言葉となる。特に、緑には。

健治は知らぬふりをしていたが、緑はテレクラで不特定多数の男と会っていた。

「菜葉だって大人しいふりして遊んでるし、偉いオヤジに体を使って営業してるよ」

緑に菜葉の噂や悪口を吹き込まれても、健治はふうんというしかなかった。下手にうなずけば悪口が止まらなくなるし、たしなめれば猛烈に不機嫌になってしまう。

一緒に芸能人を目指す仲間として、かなり差をつけられてしまった菜葉の悪口をいえばいうほど、緑が惨めになるだけだ。というのも、面と向かってはいえなかった。

「ねぇ健治。誰かと会ってたの。さっき電話しても、出なかったから」

菜葉は売れてきても、電話はくれた。携帯など影も形もなかった時代、自宅の電話にかけて相手が出なければどうしようもなかった。そして緑と刹那の愛欲をむさぼるより、

「不安なの。本当に成功するかなぁ。今がピークって気もする」

菜葉にか細い声で、そんなふうに囁かれるほうが興奮した。菜葉は、緑の悪口などいわない。ときに敵意より無視の方が、相手の傷は深くなる。

「菜葉はきっと、大スターになるよ。俺は……スターを仰ぎ見るだけでいい」

すべてに雑な健治でも、菜葉にだけは妙にカッコつけてしまう。今もって、軽いキスどまりだ。緑には、とことん欲望をぶつけられる。カッコつけも必要ない。

そもそも緑は内縁の夫もいて、そいつと面倒事になるのも御免だった。

派手な服を着て街にいるときの緑は、典型的な当時のツッパリだったが、裸になって好きな男の前にいるときは、むしろ従順で受け身ですらあった。

いろんなことを試したいとなれば緑を呼んだが、縛っても無理な体位を強いても、かなり大きなバイブレーターを突っ込んでも、拒んだり怒ったりは一度もなかった。

「健治のいいなりじゃないよ。あたしがやりたくて、やってるの」

これは気を遣っていたのか本心だったのか、その最中も後になっても、わからなかった。

「こんなこと、菜葉は絶対にしてくれないよね」

陰茎をくわえる前も後も、尻の穴に舌を入れる前も後も、そんなことをいうのはいじらしくもあり、鬱陶しくもあった。風俗バイトで使う、うがい薬の残り香が健治の陰茎にも移り、それは緑の怨念みたいでもあった。

後ろ向きにさせて、顔が見えない状態で挿入しているときは、わざと菜葉を思い浮かべたりもした。これは菜葉だ、と。

K町ラブホテル連続殺人事件の続報がなくなっていった頃、第三の事件が起きた。その前日、健治は昼間に緑と自分の部屋で会い、こんな話を聞かされていた。

「これから、有名モデル事務所の人に会うの。セミヌードくらい覚悟できてるわ」

緑は派手な格好と言動で目立ってはいたが、容姿そのものは平凡だった。菜葉のような特別な才能も存在感もなく、健治と揃って若さを消費していくだけだった。

「裸で、変なビデオに出るなよ」

テレクラで会った自称業界人に、小遣いもらうだけだと見た。繁華街での水商売バイトが本業になっていた健治は、相変わらず汚い食べ方で、安い料理と女を貪っていた。

空が白みかけた頃、菜葉からの電話に起こされた。いつも囁くような声でしゃべる菜葉の、初めて聞く取り乱した甲高い声だった。

今朝、K町のラブホテルで発見された全裸の絞殺遺体は、緑だった。バッグの中にレンタルビデオの会員証があり、そこから身元が判明した。借りていたビデオが清純なラブストーリーだったことまで、後にテレビや雑誌でさらされることとなる。

嘘だろ。健治は、そう繰り返すことしかできなかった。前日に会ったとは、菜葉にはいえなかった。緑の残り香、抜け毛がある。ふっと、緑の吐息が首筋にかかった。

今回も四十代で浅黒い小太り男の目撃情報が出た。健治は服装によっては高校生にも見られるし、色白で細身の細面だ。犯人は食べ方が汚ない、なんて情報は出てこない。

「厚化粧に成熟しきった体で、発見したときは三十代くらいのプロ女性だと見えました」

といったホテル従業員の証言も書き立てられ、被害者なのに非行で高校退学だの内縁の夫がいただの、風俗店にも勤めていただの、プライバシーも暴かれた。

タレント志願だったことも触れられていたが、それは菜葉と養成所で同期だったことが主体となっていた。菜葉は、ノーコメントを貫いた。

緑もついに芸能人にはなれなかったが、こんな形で日本中に知れ渡るとは。奇(く)しくも同じ週刊誌に、菜葉のグラビアと並んで記事が載った。

ずっと家出していた緑は、遺骨となってようやく家に帰れたかと思えば、泣けた。

菜葉はとにかくこの件に関わらせまいと事務所が守り、健治は電話もできなかった。

　そして緑を最後にK町の連続殺人事件は止まり、菜葉の二番目の曲が大ヒットした。

　その歌は緑の死をモチーフにしていると、いつからそんな噂が広まったのか。K町だのホテルだの、具体的な単語はないが、少女が不良ぶりながらも純情さを垣間見せる歌詞だ。

　緑が憑依(ひょうい)したかのような哀愁を、菜葉はさらに高まった歌唱力で表現した。

　菜葉は、手の届かない遠い世界に行ってしまった。緑のいる世界ほど、遠くだ。

「作詞家の先生は、この歌の主人公は自分の頭の中にしかいない架空の女の子だっていうんですが。なんか暗いし可愛げないし、お友達にはなりたくないなぁ」

菜葉も冗談めかし、言葉少なに語っただけだ。考えてみれば緑があんな目に遭わなければ、菜葉のこの歌もなく、成功もなかったのかもしれない。

健治は養成所も辞め、ホストクラブに近いバーに勤め出した。殺された女や、あの菜葉と付き合っていた男。というのは知れ渡り、夜の世界限定アイドルにはなれた。

だが昭和の歌姫と呼ばれた菜葉は、平成の歌姫にはなれなかった。そこには健治も、大いに関わっていた。たまたま知人に連れてこられただけだと、菜葉は取材に答えたが。

まずは健治の店に来て、一気に再燃したのだ。純情な女の子ではなくなり、緑も負けそうな熟(う)れた女になっていた。重い乳房の谷間に溜まる汗が、牝(めす)の匂いを発散させていた。

「これ、今の彼氏の趣味よ。そう、あの有名俳優。健治、彼と兄弟になっちゃうね」

と囁く菜葉は、陰毛をすべて剃り上げていた。不思議な貝みたいな色合いと見た目の陰唇は、本当に潮を吹いた。乱暴が身上の健治も、それはひどく丁寧に吸った。美味しいものはちゃんと味わって食べなきゃなと、真珠の粒を舌先で突いた。

「健治の方が、短いけど太いね。こっちの方が、いいかも。充実感があるぅ」

座って向かい合って挿入し、腿を抑えてやると菜葉は激しくのけぞった。陰茎をしっかり強く締め付けたまま、菜葉は頭をベッドにつけ、歌う声を出した。腋の下の脱毛も完璧で、どこもつるつる滑らかな菜葉を、初めて健治は丁寧に舐め上げた。

二人は今度こそ、本当の恋人同士になった。菜葉と密会しているとき緑の話は一切出なかったが、緑も一緒にベッドに入っているも同然だった。

「あの子が来るのかな。私が呼ぶのかな」

菜葉は、例の歌を歌いあげてくれる。それは降霊術にもなっていた。腕の中にいる菜葉が、調子はずれの歌声を上げていると驚いたら、緑の声なのだった。

そうしてついに写真週刊誌に撮られてしまい、健治の目は黒い線で隠されていたが、親もお前だろうと電話してきた。菜葉は別の人気俳優とも結婚を前提に付き合っていて、そちらとも破局したことで心身ともに不安定になり、芸能活動は休止と発表した。

健治も菜葉のファンだけでなく、その俳優のファンにも、芸能関係者にも脅された。

「食べ方も汚い奴でしたよ。どんな育ち方をしたんだか」

といったことまで雑誌に書かれ、健治もとうとう親元に戻って自室に閉じこもった。

菜葉もあっという間に、あの人は今、となってしまったけれど。根強いファンはいるし、才能を惜しむ者もいるしで、とりあえず男は途切れないと噂されている。

「こいつ、緑を殺した犯人ではありませんか」

健治は鏡の中の、醜い太った中年男を指す。健治の親は軟禁状態に置き、夢の世界に浸らせている。自分は今も二十歳で、芸能界を目指すさわやかな青年だ。

内臓疾患から来る、どす黒い肌色。全身が浮腫み、黒ずんだ唇は常に震えている。垂れた目蓋の下で小さくなった目は、かなり視力も落ちてしまった。それにしても、未だ捕まらない犯人とそっくりになってしまったのは、何の因果か。

それでも目をつぶって万年床の中に潜り込んでいれば、交互に緑と菜葉が来てくれる。

健治は、菜葉のヒット曲を歌う。不吉な男が、鏡だけでなく窓辺にも映る。少しでも痩せて見えるよう、黒い服しか着なくなって久しい。

歌っていると、最初に殺されたホステス、二番目に殺された身元不明の女、今も捕まらない犯人までやって来る。みんな、黒ずくめだ。喪服のつもりなのか。

3

母の事件が大々的に報道されたとき、ケンジは故郷を遠く離れ気楽な一人暮らしをしていた。勤め先のコンビニの仲間も常連客もアパートの隣人達も、ケンジが日本中を震撼（しんかん）させた鬼女の息子とは、夢にも思わなかっただろう。

故郷の親戚や同級生、知り合いの中には気づいた人がいたかもしれないが、その人達とは一切の縁が切れていたし、遠くの捨てた故郷で噂されても困ることはなかった。

しかし長い年月を経て顔も体型も変わっているのに、テレビで見た瞬間に母だとわかった。もちろん驚きはしたが、母への強い憎しみや嫌悪などは湧かなかった。

ましてや、父親が違う弟妹といっても他人同然の被害者についても、絶望的な気持ちなどは感じなかった。同じ父母から生まれた、唯一の姉の方が怖かった。

「テレビ、見たよね。でも、あの女もあの事件も、私達には何の関係もないんだからね。私は私の生活を守りたいし、あんたにも、これからの人生ってものがあるんだし」

事件現場となったのは、都内近郊の町にある小さな部屋。八畳のワンルームに、二畳のロフト付き。一人暮らしなら手頃だが、三人、いや、それ以上がいた。

同居していた五十過ぎの女と二十歳前の女の子は、実の母と娘だった。女の子の一回り上の、腹違いの兄が部屋の借り主だった。ロフトにもひっそり、何人かの子がいた。その子達は、もう遥か昔に人知れず死んでいた。

借り主の実母が、息子と連絡が取れないと部屋を訪ね、その場で絶叫したという。

「みんな、あの女に殺された」

近所の商店街に隠れていた殺人者は、抵抗もせず無言で捕われた。

ケンジの父親違いの妹は絞め殺されて布団に寝かされ、その母親違いの兄はロフトの手すりで首を吊っていた。さらにロフトの隅の衣装ケースから、液状化した乳児の遺体が二体、白骨化した幼児の遺体も見つかった。生きた人より、死者の方が多い部屋だった。

鑑定の結果、縊死(いし)した借り主の彼を除いて全員、犯人の実子と判明した。ロフトの幼い三人の遺体は、一階で死んでいた兄妹の弟妹だった。

ケンジは薄っすら、母の記憶はある。抱かれていても、つかみどころがない存在だった。姉に聞けばもっと知ることはできるが、姉は昔から母を頑なに拒んでいた。

母はケンジ達が幼い頃に出ていき、父は破滅的な酒の飲み方で若死にした。あれは自殺といっていい。ケンジと姉は父方の祖父母が育て、成人するのを待っていたかのように相次いで亡くなると、姉はすぐに結婚した。母は、若死にしたことにしていた。

父親が違う弟妹はみんな、母に殺された。母は自分が産んだ子だけでなく、娘の腹違いの兄も死なせた。いったい、母の周りには母が死に追いやった人がどれくらいいるのか。

子殺しの鬼母と呼ばれた母の過去は、週刊誌の格好のネタになり、ケンジと姉はそれらによって母の過去を詳しく教えてもらえるのだった。

母は北国の寒村の貧しい家に生まれ、かなり年上の男と早くに結婚した。婚家でも期待したほどの生活はできず、それでも子どもを二人産む。

そのケンジと姉を置いて出奔した後は、さほど遠くない繁華街で風俗店に勤め、売れっ子となる。歳を重ねてその仕事がしんどくなったと、水商売に就く。そこへ客として来た妻子ある食堂の主人と親しくなり、未婚のまま子供をまた何人も産む。

それが白骨化していた幼児、液状化していた乳児、絞め殺されていた女の子だ。

「女はみんな金のために嫌だけど仕方なく、もしくはドライに割り切ってやってたけど、あの女は本当に好き者でね、一日中だって腰を振っていられたよ」

「少しでもチップやると、十回腰を振るところを二十回振ってくれたって」

「そんなにやりまくってんのに、アソコの締まりは良かったらしい」

といった証言もたくさん載り、ケンジは自分のことよりもこれを読まされる姉の気持ちを心配した。だが確かに自分の遠い記憶の中でも、母は母というより女だった。

恐る恐るネットを検索してみたら、母がいやらしい熟女として、変な人気を得ていた。

「なんか、何べんやっても、もっともっとーと絡みついてきそう」

「避妊させてくれないんだな。今日は大丈夫とかいって、男に中で出させた瞬間、がしっとカニ挟み、入れたまま身動き取れなくさせる」

「今もエロ熟女だけど、若いときの写真見たよね。そんな美人じゃないけどエロ可愛い。カニ挟みされたら、さらにドクドクッと搾り取られそう」

ともあれ、あの女は嘘つきですべてにだらしなくて借金癖もあり、と夫を盗られた本妻が悪口をいうのは仕方ないとしても、あらゆる知人が口を揃えて罵った。

「あの女なら、何人も殺していたって驚かない」

そんな母は今回だけでなく、かなり昔にも全国的に有名になった事件に登場していた。

ケンジは、これもなんとなく記憶している。食堂の主人との間にできた男の子が突然いなくなり、あの子を返して、と若き日の母は泣きながらテレビのインタビューに答えているのだ。その古びた映像も今回の事件で掘り起こされ、繰り返しテレビで流された。

「あの子は、私のおっぱいさわらないと眠れないんですよ」

祖父母はそのニュースが流れるたび、チャンネルを変えていたが、そのときの母はまだ、子どもをさらわれた可哀想な母親でしかなかった。

テレビでは諸々の事情は伏せられ、食堂の主人とは正式な夫婦として扱われていた。結局、その子は行方不明のままとなった。その頃まだ生きていた父も、吐き捨てていた。

「あいつが殺したんだろう」

父は、真実をいい当てていた。今回、箱の中から見つかった白骨化遺体は、その行方不明になっていた男の子だと断定された。液状化した乳児もおそらく、食堂の主人との間にできた子達で、母が内緒で産んですぐ殺していたのは明白だ。

それにしても、ケンジ達の父親違いの妹はさておき、内縁夫の本妻の息子。彼はいったい、母にどんな気持ちを抱いていたのか。異様な関係性にも、世間の注目は集まった。

食堂の主人はといえば、ケンジの父と同じく酒浸りになって店を潰し、かなり前にこちらも自殺に近い死に方をしていた。母は常に、男を追い詰める女なのだ。食堂の主人との間にできた男の子は、母が方々から借金返済を迫られ、それを事件でうやむやにするため、さらに世間から悲劇の母として見られようと殺して隠した。

母には男女の仲になっていた、主人の本妻の息子。彼は腹違いの妹も好きになってしまったため、母は娘に嫉妬して殺した。そして本妻の息子を娘殺しの犯人に仕立て上げようと、お前が殺したようなものだと責め立て、自殺に追い込んだ。

週刊誌などでは、このように推察されていた。おそらく真実に近いと、ケンジもうなずける。コンビニ売りの週刊誌に、母がモデルになった漫画が載っていた。エロに特化したもので、母は大変な淫乱として描かれていた。不覚にも、興奮した。

「奥さんと、いつ別れてくれるの。早く早く。他の男に行っちゃうよ」

キワモノのぎりぎり手前にとどまる。豊満な肉体の女。男と服を着ていちゃついているときも、これから始まると互いに服を脱ぎ始めたときも、全裸で絡み合って挿入されて汗ばんでいるときも、常に母はおねだりし、男に命令していた。

「子どもにお金もかかるし、あと一枚くれたら、アレもしてあげるのに」

しかし食堂の主人も幼い息子が行方不明になったとき、母を疑わなかったのか。異様な箱に子どもが入っているのを、まるで気づかなかったのか。いや、食堂の主人は知っていたと、ケンジは思う。我が子より、ケンジの母を選んだのだ。

全員の死が母によるものとなれば、死刑判決は免れない。けれど母は娘の殺害だけを認め、娘の腹違いの兄は後追い自殺、箱の中の乳児は流産してしまった子で、幼児の遺体はまったくこんな所にあるなんて知らなかった、そういい張った。

かなり怪しいというより嘘に違いないが、母が殺害した確たる証拠もなかった。

姉の中で母は、おぞましい殺人者というより得体のしれない化け物になっていた。

「あの女は、死刑になるべき。のこのこ金せびりに来たりしたら、私が殺してやる」

完全にケンジの姉は、被害者遺族の心情になっていた。考えてみれば父親違いの弟妹が殺されているのだから、その加害者を憎むのは異常ではないのだ。

母に対してこんなことまでいう姉が殺されず、母を慕い母を信じ切っていたであろう弟妹が殺されたのは、ケンジもただ悲しかった。

――さすがに母の事件も世間から忘れられた頃、懲役十二年の判決が確定したとニュースが流れた。姉が、何で死刑じゃないのかと憎々しげに電話してきた。

「そこまでいうなよ。あれでも一応は母なんだから」

といったら激怒され、電話を叩き切られた。ともあれ近影の母は、艶っぽさが増していた。これは若い男も惹かれるかと、血縁ではないが因縁のあった被害者の彼を想った。

ケンジの母に家庭を壊され翻弄され続けた彼は、ケンジの母を憎むのが当然なのに、同居して生活の面倒まで見ていたのだ。

顔写真だけ見れば人の好さそうなごく普通の青年で、抱えている闇が想像できない。母によって、闇を作られてしまったのだろう。

彼がケンジの母と男女の関係にあったのかどうかは、証拠などはない。ケンジは、あったと確信している。母はいろんな禁忌を軽々と飛び越えられる女だ。いや、飛び越えるほどの高さもなく、ひょいと一歩踏み出すだけなのだ。

「あんたも、私のおっぱいさわらないと眠れなくなるのよ」

そう囁いて、彼の全身に舌を這わせたに違いない。純情な彼は、母の豊満な肉体の重みから逃れられる術はなかった。父親と同じように、深い肉の谷間に堕ちていった。

「ああ、気持ちいいわ。あんたのお父さんと、ほんと親子ねぇ、ここまで似てる」

みたいな背徳の言葉を、残酷な誉め言葉を、堕ちていく彼の耳元に吹きかけただろう。

母の乳房は本当に重く顔にものしかかり、窒息寸前にさせたはずだ。

母はもう妊娠はできない年頃になっているが、今日は大丈夫な日、と囁いても相手は苦笑せず、興奮する。そして中に放ったとき、母はきつく男の腰に脚を回してしがみつき、最後の一滴まで搾り取る。妊娠はしなくても、相手の男は命をも搾り取られる。

母が事件を起こす前から、ケンジは母に、そして女全般に恐れを抱くようになっていったのだろう。そんな中年になっても結婚を避けているケンジと違い、姉は少女の頃から温かな家庭に憧れ、執着していた。

なのに、新婚の頃から姑（しゅうとめ）とは険悪な仲で、喧嘩が絶えなかったのは知らされていた。

数度しか姉の姑には会っていないが、なかなかの苦労人で、酒癖と女癖の悪い夫と早くに別れ、きつい肉体労働もしながら女手一つで子ども達を育て上げたのだそうだ。

家の中に、気の強い女が二人。間に挟まる姉の夫も大変だったことは想像に難くない。

男は母親に似た女を好きになる、というのもよく聞くが、姉の夫もか。ケンジは自分自身は、よくわからない。付き合った女もいたが、母には似ていなかったような気がする。

何にしても母が服役している間、ケンジ達はまずは平穏に暮らしていた、はずだった。

その恐ろしい電話は、警察からかかって来た。母が獄死したかと身構えたが、姉が自宅の階段から落ちて頭を強打し、救急搬送された先で死亡が確認された、とのことだった。

警察との電話を終えた後、出ないとわかりきっているのに姉の電話にかけ、虚しい呼び出し音を聞いた。ふと、これで母が産んだ子は自分一人になった、と背筋が冷えた。

再び警察から電話があり、姉の夫が殺害を自供したと知らされた。

夜中、大きな物音で目を覚ますと、酔っていた妻が階段から落ちて床に仰向けになって気絶していた。傍にはやはり物音で目覚めた母がいて、必死に介抱していた。

そんなふうに救急隊員にも警官にも夫は説明したが、追及されて自白した。酔って階段から落ちた妻の頭を母がつかみ、階段の縁や壁に打ち付けていて、自分も加勢したと。

子どもにとって祖母が殺人犯となり、母が殺害されたとなれば、将来に暗い影を落とす。そのためには、妻は事故死にしなければならないと、咄嗟に手が出たのだそうだ。

いや、姉の夫は子どもを第一になど考えていなかった。そう、ケンジは確信する。やっぱり、母親を第一に考えたのだ。後日、姉の子は施設に送られることとなった。

自分達はみんな母の栄養分、あるいは身代わりの供物なのかもしれない。母を救うために、子どもはみんな母の生贄として捧げられる。

もしかしたら母は獄中で病気になり、姉を身代わりにして助かったのかもしれない。

そんな母が出所したとき、ただ一人残っている子を探しに来る。出所する頃、母は老いてしまっている。すでに、子どもは産めない歳だ。

何かがあったら、まだ一人残っているあの子が身代わりになってくれる。代わりに死んでくれると、舌なめずりしながらケンジの所にやって来る。

「あんたも、私のおっぱいさわらないと眠れなくなるのよ」

ケンジはきっと、その母の怖さではなく女の魅力に抗えないのだ。

〈了〉

【初出】

幸村先生の指の指導を求めます。　「新鮮小説」2021年5月号～7月号
ショコラ・サイダー　変態オタク倶楽部　「特選小説」2020年2月号～4月号
夢見るレイラの華麗なキャリア　「特選小説」2018年8月号～10月号
三人のマキコ　「特選小説」2017年2月号
三人の主婦　「特選小説」2017年3月号
三本の女の指　「特選小説」2017年4月号
小さな死のように　『悪女』廣済堂文庫　2004年
動物園　植物園　水族館　「特選小説」2008年10月号
決して、変態だからじゃありません。　「新鮮小説」2022年8月号～10月号

紅文庫

色慾奇譚

岩井志麻子

2023年 9月 15日　第 1 刷発行

企画／松村由貴（大航海）
DTP／遠藤智子

編集人／田村耕士
発行人／長嶋博文
発売元／株式会社ジーウォーク
〒153-0051 東京都目黒区上目黒 1-16-8 Yファームビル６F
電話 03-6452-3118
FAX 03-6452-3110

印刷製本／中央精版印刷株式会社

ISBN978-4-86717-607-8